Marleth Silva

NA CASA DO PAI

exemplar nº 219

Curitiba
2025

Na casa do pai

Por que não contar o que aconteceu? Por que não dizer o que sinto? Procurei vingança. É isso. A forma que encontrei de me vingar foi essa. Contando que o pai saiu para trabalhar e trazer nosso sustento – como se espera que os homens façam. Que foi e não voltou – como tantos pais fazem. Que minha mãe e minha irmã imaginaram tragédias – como fazem as mulheres. Que senti vergonha e calei-me – como sentem e calam os que são abandonados.

Não espere exatidão. Não espere isenção. Como todos os desprezados, anseio pela atenção de quem me desprezou. Desejo ser ouvido por quem me magoou.

Eu sou uma alma magoada. Todos somos – você me diz. Eu sei, meu amor! Mas minha mágoa parece a maior do mundo agora que admito que ela existe.

Quando eu não admitia a mágoa, acreditava ter tudo sob controle. Acreditava me conhecer bem. Era assim que eu falava, lembra? Tudo sob controle! Um homem adulto e responsável. Um garoto que cresceu rápido porque a vida exigiu. Como assim? Você acha que há fantasmas da infância guiando meus passos? O primeiro trabalho aos 13 anos? O casamento aos 22? Que sou um viciado em masculinidade?

Amor, por que você busca transparência onde o que há é solidez?

Escuto a voz por trás da minha própria voz. É a voz de um menino. Ele está triste. O que você ouve é a voz do homem. Máscula essa voz, não? Tolice, querida, eu uso voz, barba e músculos para enganar você.

Só quando falei baixinho consegui me ouvir. Admiti então que não sabia nada porque o que havia para saber era dolorido. Doía sentir falta dele. Eu era ligado ao pai como um broto é ligado à planta. Quando a ligação foi rompida, fiquei ali perdendo seiva.

Era cedo demais, amor, para eu ficar solto no mundo.

***

Claudio Ishigami foi para o Japão e desapareceu. Por meses a família temeu por ele. Talvez estivesse morto, talvez fora de si após um colapso provocado pelo excesso de trabalho, talvez isolado por atravessadores de mão de obra. O fato de o desaparecimento ter acontecido aos poucos, enquanto os telefonemas rareavam, os e-mails se tornavam bimestrais e os depósitos bancários emagreciam, não os alertara. Só prolongou a preocupação. Antigos decasséguis com quem conversaram, funcionários do consulado japonês em Curitiba, funcionários do consulado brasileiro em Sapporo, descartaram uma a uma as hipóteses mais assustadoras. Era difícil um brasileiro desaparecer no Japão. Morrer sem ser identificado... Não acreditavam. A esposa de Claudio perguntou ao vice-cônsul, um rapaz tão jovem que fez Orlando, o filho que a acompanhava, pensar em personagens de mangá: o que resta, então? Sem mudar de expressão, sem maldade ou ironia na voz, o personagem de mangá respondeu: resta a possibilidade de ele não querer se comunicar com a família.

Tereza Ishigami franziu a testa, a boca se entreabriu e ela cobriu os lábios com a mão direita. Orlando baixou os olhos. Sentia vergonha. Os abandonados sempre sentem vergonha. Como se houvesse algo errado com eles que justificasse o abandono. Os bons, os fortes, os inteligentes não são renegados. Todos querem estar perto deles. Os fracos é que são abandonados para morrerem sozinhos e pararem de causar problemas. A mãe demorou para aceitar. Orlando entendeu na hora. O pai desaparecera para se livrar deles.

***

Quando Kazuo Watanabe voltou para casa era março, mas o calor do Hemisfério Sul evocava férias de verão. Nos meses anteriores, ele havia pensado todos os dias no que faria quando estivesse de volta. Ir à praia estava nos planos. Queria se deitar na areia, fechar os olhos, ouvir o som das ondas e as vozes das crianças, sentir o calor que subiria da areia se encontrando dentro do corpo dele com o calor do sol. Quando estivesse quente demais, se levantaria correndo, assustando a esposa que estaria ao seu lado, e correria para dentro da água. Esperava que a água estivesse fria como costuma estar no sul do Brasil. Diariamente imaginou essa cena. Era como um exercício de meditação.

Havia tanto a fazer que a ida à praia teve que ser adiada. O velho apartamento exigia reformas, era preciso solicitar orçamentos, visitar a nova escola dos filhos como havia prometido, falar com o gerente do banco. Tarefas práticas que lhe tomavam os dias. Mais prazeroso era entregar os presentinhos que trouxera de Sapporo e que foi distribuindo aos poucos para os vizinhos, o dentista, o amigo de infância com quem se correspondera por e-mail, dois antigos colegas de trabalho. Até que, no fundo da mala, só restaram dois pacotinhos que, de propósito, deixava para depois. Em um deles, a etiqueta recortada como um pokémon amarelo dizia "Orlando". No outro, uma florzinha prateada: "Mirela". Caprichou na compra daqueles presentes, mas lhe doía ir até as crianças. Sabia que elas e a mãe esperavam mais do que presentes. Perguntariam sobre Claudio, que estava sumido.

"O que posso dizer?" – pensava. Tinha raiva de Claudio Ishigami. Uma vergonha, abandonar assim a família. No começo teve pena. Claudio nunca se adaptara à vida de trabalhador no Japão. Parecia sempre desnorteado. Não entendia as orientações na fábrica, se perdia nos mercadinhos onde compravam alimentos. No alojamento, só dormia. Quando, nas horas de folga, todos falavam sem parar sobre o que viam no Japão ou contavam histórias vividas no Brasil e que agora pareciam muito divertidas, Claudio apenas ouvia. Às vezes dava uma risadinha. Um colega que estava por lá havia anos recomendou que voltasse para casa, que aquilo ia virar uma depressão grave. O colega tinha aprendido a distinguir a saudade normal da melancolia, a dificuldade de adaptação da impossibilidade de se adaptar. "Era um caso perdido", sentenciou.

Mas Claudio Ishigami era durão. Voltar seria uma humilhação. Pior ainda porque vinha de quase dois anos de desemprego no Brasil. A experiência lhe fez muito mal. Por isso fora um dos mais animados para ir trabalhar no Japão, transformou-se em outra pessoa, um decasségui cheio de planos. Mas seu ânimo afundou em Sapporo.

***

No fim do primeiro ano, era preciso renovar o contrato. Perguntei o que pretendia fazer. Ficou confuso com a minha pergunta. Para mim, era claro que deveria voltar para o Brasil. Mas tinha vergonha de desistir. Então ficou e deu uma piorada. "Um caso perdido", como disse aquele colega. Para a minha surpresa, quando apareceu uma oportunidade de trabalho em uma cidadezinha ao norte da ilha de Hokkaido, que pagava um pouco mais, ele se ofereceu. Ficar longe dos poucos amigos? Da turma que conhecia do Paraná? Achei uma péssima ideia, mas ele foi. Cheguei a visitá-lo e vi que estava mais animado. Fiquei olhando em volta para entender o que tinha ali de melhor. A fábrica era fedida para caramba. Produzia algum tipo de fertilizante. A cidade era bem pequena e os moradores, educados, mas fechados. Os trabalhadores estrangeiros, uns poucos brasileiros e muitos filipinos, moravam em um alojamento que parecia um contêiner gigante abandonado entre a fábrica e a estradinha que leva para a cidade. Além dos operários, só se viam por ali as mulheres que trabalhavam no refeitório.

Foi uma delas que me deu uma pista do que estava acontecendo. Claudio almoçou comigo em um restaurante na cidade e, quando voltamos, uma moça se aproximou dele e disse algo que não entendi. Só ouvi a palavra "cozinha". Ele concordou com a cabeça e agradeceu. Normalmente quem não entendia japonês era ele, não eu. Fiquei intrigado. Claudio me explicou alegremente. A chefe da cozinha deixara um prato de ishikari-nabe guardado para ele. "Ishikari-nabe? O que é isso?" – perguntei. "Cozido de salmão" – ele respondeu, vaidoso. A gente nunca comia salmão. Era caro para nós. Percebi a malícia na risadinha dele, mas não perguntei nada. Não sei por que não perguntei.

***

Orlando, Mirela e Tereza não souberam de tudo o que Kazuo tinha para contar. Para a família de Claudio, ele preferiu dar poucos detalhes. Há meses não via o amigo, mas telefonou para ele antes de voltar para o Brasil. Claudio não atendeu. Mesmo assim, Kazuo estava convencido de que estava bem. Foi a coisa mais difícil de dizer para os três. Claudio estava bem.

***

Sabe, a gente se vira.

A gente se acostuma.

A gente cuida dos mais fracos. Sim, nesta casa há mais fracos que eu.

Eu, largada por ele, sozinha, sem ninguém para olhar por mim.

Quem disse que preciso de alguém para olhar por mim?

Quem disse que não preciso?

A gente se vira.

Então eu me viro. Fome a gente não passa. Necessidade a gente passa. Porque necessidades inventamos várias. Que não têm a ver com sobrevivência. Ou talvez tenham, começo a entender. Agora que já posso respirar. Que recuperei o fôlego.

Agora pergunto: dá para viver sem amor? Dá para viver sem alguém que se deita comigo?

A gente se vira.

A gente se assusta, a família agora é só minha. Quando inventei essa família, éramos dois.

Então sinto raiva e me preocupo e me culpo.

Foi algo que eu fiz? Foi algo que eu disse?

Acordo cedo e vou trabalhar, não há tempo para lamúria.

A gente se vira.

A raiva se vai, a culpa se vai, não fica mais nada.

Graças a Deus, fiquei eu.

***

Tereza trabalhava com o cunhado na feira. Ele permitia que chegasse mais tarde, depois de deixar as crianças na escola. Era a forma de ajudá-la enquanto Claudio estava no Japão. O cunhado era um homem simples, o único de três irmãos que continuava a tradição da família de vender frutas. Sentira orgulho quando Claudio anunciou que iria trabalhar no Japão como operário mesmo tendo cursado faculdade – um curso que ele abandonou para montar o negócio que não deu certo. A decisão de se tornar um decasségui era uma mostra de hombridade. De disposição para o sacrifício.

Nos primeiros meses, o cunhado recebia Tereza na segunda-feira com um sorriso animado. Sabia que ela e Claudio conversavam demoradamente durante o fim de semana e queria saber as novidades. Sempre interessado em qualquer pequeno fato que ela relatava. Um colega no alojamento ficou doente. "Ohhh!" – dizia o cunhado, fazendo um bico com a boca. Claudio foi transferido para o turno da noite. "Ahhh!" – e ele balançava a cabeça em aprovação. Depois da primeira vez que Claudio reduziu o valor enviado à mulher e aos filhos, o cunhado aguardou ansioso pela segunda-feira. Certamente o irmão tivera algum problema.

Tereza sabia da expectativa e chegou confusa à barraca. Enquanto vestia o guarda-pó verde, contou que Claudio mencionara problemas, sim, mas não os explicara. Ela desistiu de questionar quando ele se irritou com as perguntas. O cunhado abaixou os olhos, desconsolado. Não disse "oooh" nem "aaah" pela primeira vez.

**

Tereza fez o que pôde e do jeito que pôde. Trabalhava muito, ganhava pouco. Não era qualificava para os melhores empregos. Parara de estudar cedo, grávida. Nada a preocupava naquela época, tudo parecia resolvido. Claudio fazia faculdade e ajudava na barraca da família na feira. Trabalhador, inteligente – todo mundo dizia. Responsável – passaram a dizer quando ela engravidou e os dois se casaram. Um começo de vida modesto, mas promissor.

Quando entendeu que Claudio não voltaria do Japão, ela quis retomar a vida do ponto em que tudo desandara. Esse ponto poderia ser o começo da crise econômica que afugentou os clientes de Claudio, os dois anos de desemprego ou o dia em que ele embarcou em um avião para o Japão. Mas para Tereza agora tudo se resumia a uma questão pessoal. Ela tinha sido abandonada. Largada. O problema era o homem que a abandonara. Se tinha que refazer alguma coisa, era a escolha do homem que se instalaria em sua cama, que dividiria planos com ela.

O novo companheiro apareceu sem demora. Às vezes falante, às vezes amuado, sempre girando em torno de Tereza. Instalou-se sem cerimônia na casa dela, mostrou pouco interesse pelas duas crianças. Trabalhava com afinco e bebia com mais afinco ainda. Assombrou a adolescência de Orlando e Mirela com sua inconstância de humor, com o olhar vazio com que se jogava no sofá, incapaz de conversar, cheirando a álcool.

Uma madrugada, Orlando saiu do quarto e foi até a cozinha beber água. Levou um grande susto, o maior de sua vida, ao notar que o padrasto estava sentado na poltrona, no escuro, diante da tela azul da tevê ligada. O corpo do padrasto estava azulado e seus olhos entreabertos revelavam um vácuo, uma casa vazia. Estava morto, sem dúvida, e o rapazinho sentiu um certo alívio. Aquele casamento ridículo tinha acabado. Não havia mais nada a fazer a não ser comunicar a mãe. Respirou fundo e, sentindo-se corajoso e apto a assumir a tarefa – novamente era o homem da casa –, virou-se na direção do corredor que levava aos quartos. "Mãe, fique calma..." – planejou dizer.

A voz rouca e grossa o chamou: "Orlando". Ele reagiu com um grito tão apavorado que acordou Tereza e Mirela. O padrasto estava vivo, um morto-vivo, é verdade. E assim permaneceu naquela casa até que Tereza um dia decidiu que era hora de ela também ter a experiência de abandonar alguém.

***

Como tantas outras famílias em que um dos adultos foi embora, a de Tereza precisava de ajuda. Um cunhado e duas primas socorriam com pequenos empréstimos. As crianças percebiam os movimentos furtivos, as conversas em voz baixa, o alívio no rosto da mãe. Orlando se sentia humilhado com essas ajudas, com a necessidade de pedir, com a permanente dívida com os outros. Era uma vergonha que ele não teria que suportar se o pai estivesse ali. Kazuo e os outros decasséguis tinham voltado para o Brasil, comprado imóveis, iniciado pequenos negócios com as economias. Ou apenas pagado a faculdade dos filhos. Menos o pai dele. Orlando se tornou adulto ouvindo histórias sobre aqueles homens. Nunca perguntou para a mãe como ela tomava conhecimento da vida deles.

Quando foi morar com a namorada, aos 22 anos, era às vezes um menino com pose de homem, às vezes um homem empenhado em matar o menino dentro dele. A enorme coleção de mangás foi deixada em um sebo. Precisava se livrar daquilo que identificava com a infância. Ninguém sugeriu ou cobrou aquele desprendimento. Era ele que dizia para si mesmo: "cresci, sou homem, nem infância tive". Os gibis de capa colorida traíam a história que compunha para si mesmo, a biografia do adulto Orlando, uma biografia baseada em fatos e ainda assim fantasiosa, hiperbólica, dramática. Sensual também. Descobrir o sexo o convenceu de que era um homem. Por homem Orlando entendia não apenas um ser humano do gênero masculino, mas um personagem de cinema, um ser superior. Saía da cama de Luiza sentindo-se outro, mais denso, um corpo feito de material consistente e um cérebro carregado de responsabilidades para com as mulheres à sua volta. Porque era com responsabilidades que Orlando identificava a masculinidade. Luiza, Tereza e Mirela eram cada vez mais sua responsabilidade.

Falava com a mãe quase diariamente, tentava dividir o salário minguado com ela, que recusava sem disfarçar o contentamento que a oferta lhe causava. Um dia, ela o chamou. Sobre o sofá da sala, um grande pacote de presente. Ele sorriu, pensando que era a mãe quem o presenteava. "É de Kazuo, pelo seu casamento" – Tereza contou, animada. Com a mesma naturalidade com que escondera o contato com Kazuo, Tereza agora falava dele. Era o amigo "do teu pai" que contava as novidades dos decasséguis e que pagava as aulas de japonês. As aulas que Orlando fez durante anos e que eram a rachadura visível no desinteresse que ele expressava pelo lugar onde o pai escolhera viver.

***

Ela, uma moça de rosto fino e ovalado, os cabelos castanhos claros levemente ondulados, os olhos grandes escondidos por pálpebras preguiçosas que lhe davam um ar de tranquilidade. Ele herdara o corpo do pai, magro e musculoso, e o rosto da mãe, anguloso, como se tivesse sido desenhado por um artista desleixado que não se dera ao trabalho de arredondar os contornos do esboço. Os olhos registravam a ascendência oriental. Orlando sabia que seu olhar escuro e felino impressionava e por isso desenvolveu o hábito de encarar seus interlocutores. Parecia corajoso e sedutor. Era mais uma estratégia de defesa.

Por volta dos 27 anos, passou a ter consciência desse e de outros artifícios em que se apoiava e a sentir desprezo por cada um deles. Percebia algumas de suas fraquezas e, como alguém que se acredita capaz de perfeição, valorizou cada uma delas. Era um tolo, um fraco, uma farsa. Dizia isso para si mesmo cada vez que uma reflexão o conduzia a uma descoberta. O problema é que andava fazendo muitas reflexões. Estava casado há anos, Luiza queria um filho. Ele tinha medo da responsabilidade que viria com a criança, mas como negar isso à mulher que o respaldava em tudo? Luiza o apoiava cada vez que ele queria tentar um trabalho novo, o que vinha acontecendo com frequência. Por que não, se os ganhos dela como advogada eram suficientes?

Então Luiza engravidou e se encheu de alegria. Orlando também. Mas a sua mente, que já andava inquieta por aqueles arroubos de autoconsciência com os quais não sabia lidar, ficou mais sensível ao descobrir que a criança era um menino. Por que o desconforto? Ele não entendia. O menino nasceu, outro homem de olhar felino, e o desconforto continuou lá.

***

Como é um bom pai? – Orlando se perguntava. As referências que guardava de Claudio eram limitadas. Sempre simpático com os amigos dos filhos, sedutor até. Conversador. Principalmente fora de casa. Em casa se tornava mais introspectivo. A mãe falava demais, era ansiosa. Era assim que Orlando, aos dez anos, via os dois. O pai saía em vantagem nas comparações. A mãe, aos olhos dele, era pesada, chata até. Antes da mudança para o Japão, falavam em separação. O menino ficou assombrado. "Separação" soava como sinônimo de pai distante. Um dia, perguntou:

– Quando vocês se separarem, você vai embora?
– Embora de casa? – perguntou o pai.
– De casa, da cidade. Vai embora? O pai riu.
– Se houver divórcio, eu vou morar em outra casa. Só isso. Quem sabe encontro uma perto daqui.

O menino sorriu. Mudou de assunto, agiu de forma leve e descontraída. Como Claudio fazia e ele achava tão charmoso. Mas havia uma intuição de que o pai iria embora. E a culpa era da mãe.

Houve tanta comoção em torno da ida ao Japão, eram tantos brasileiros embarcando, que Orlando não relacionou aquela viagem ao medo de que o pai se fosse para sempre. O medo continuava lá, mas a aventura decasségui não o atiçava. Ao contrário. Claudio estava sendo valente, corajoso, abnegado. Fazia um sacrifício pela família, já que o Brasil... Ah, o Brasil desperdiça o talento de tantos homens e mulheres! Os corajosos reagiam ao longo período de marasmo, de falta de oportunidades. Iam, mas voltariam. Não era um êxodo, uma migração. Não! De jeito nenhum! Eles retornariam.

Sem o pai a vida ficou mais fácil, o que era doloroso para o menino admitir. As conversas sobre divórcio cessaram. A mãe e os dois filhos se davam bem. O dinheiro que chegava todo mês no Banco do Brasil pagava as prestações do apartamento, inclusive as atrasadas, e a nova escola – até que enfim a irmã realizava o sonho de estudar em uma escola privada! Orlando era indiferente. Estava convencido de que se daria bem graças à sua inteligência. A escola era o de menos.

Quando os contatos feitos pelo pai se tornaram irregulares, o coração de Orlando pesou. Era o abandono chegando. Ele sabia. A mãe e a irmã cogitavam problemas que Claudio estaria escondendo para poupá-las. Orlando não se enganava. O pai estava se afastando, de forma decidida e definitiva. Queria que se arranjassem sem ele. Queria ficar livre. Imaginava o pai voltando ao Brasil para comunicar com frieza: vocês podem viver sem mim e eu posso viver sem vocês. E iria embora. Talvez para a casa que andou procurando antes de ir para o Japão.

Mesmo sendo o único que previa o abandono, Orlando foi o que mais se decepcionou.

***

Meu irmão é um idiota. Falei isso para a psicóloga, quando tinha 11 anos. Falei para meus amigos. Falei para meu tio, que fez cara de desapontado. Falei para minha mãe. Falei para meu irmão, várias vezes, ao longo dos anos: "você é um idiota, Orlando".

Um dia, sentada diante da psicóloga – outra, não aquela dos 11 anos –, tive que responder à pergunta: "como é seu irmão?" "Um idiota", respondi de pronto. A resposta que não exige elaboração nem raciocínio. Vamos seguir em frente com essa sessão, que temos assunto mais importante: eu. Isso eu não disse, mas tentei transmitir a mensagem com a expressão no meu rosto.

Mas no rosto dela, percebi. Não estava entendendo uma afirmação tão simples...

– Pensei que vocês eram próximos, companheiros.
– Por quê?
– Você disse que ele está pagando sua terapia.
– Ah...

***

Aos 21 anos, eu não podia mais simplificar tudo. Se meu irmão era um idiota, por que me ajudava? De que tipo de idiota eu falava? Ele é um duro, tem mulher e filho, e mesmo assim ajuda minha mãe e eu. Hoje o que sei sobre meu irmão rende mais do que aquela frase que usei tantas vezes para defini-lo.

Ele cuida de nós. Dá um passo à frente quando nos falta algo. Passa pouco tempo conosco. Aparece de vez em quando. Está sempre sério. Não nos metemos na vida dele nem ele na nossa. Minha mãe faz perguntas de mãe. Pergunta da Luiza. Pede para ver o Antônio. "Tudo bem no trabalho?"

Tem algo que me incomoda na atitude do meu irmão. É como se ele estivesse cuidando da gente até o pai voltar. Como quem cuida dos cachorros para o amigo que viajou. "Poxa! Acabou a ração e o fulano não deixou dinheiro! Mas eu compro a ração e dou para os cachorros até o dono chegar." Ou como se ele cuidasse da gente para que nossa miséria não ficasse muito aparente. Porque se ficar aparente, vão culpar meu pai. Enfim, ele cuida de nós por causa do pai, não por causa de nós.

Posso estar sendo injusta. Eu sei.

Lembro pouco do pai. Uma vez disse isso perto do Orlando e ele ficou espantado. Faz muita diferença eu ter vivido com ele até os seis anos e o Orlando até os dez.

Lembro de ir até o quarto dele dizer boa noite, beijá-lo de leve na bochecha como um anjinho e depois seguir para meu quarto, onde ia brigar com a mãe mais um pouco porque não queria dormir.

Lembro de uma festa de Natal. Estávamos sentados em cadeiras dispostas em círculo, trocando presentes. Era nos fundos da casa do tio, algumas cadeiras sobre a grama, outras sobre a calçada. Me fizeram sentar e fiquei ali, balançando as perninhas que não alcançavam o chão. Devo ter me mexido muito e um pé da cadeira afundou no gramado. Cadeira e eu tombamos para o lado. Meu pai se lançou sobre mim e me ergueu antes que eu caísse. Lembro da expressão no rosto dele quando notou que eu ia cair. Bastou um milésimo de segundo para reagir. É a melhor lembrança que tenho dele.

Lembro dele na frente do espelho do banheiro com o rosto coberto de espuma. Ele me ignorava sentada na banheira observando o processo demorado, que acontecia raramente. Meu pai deve ter pouca barba.

Quando disse que o pai raramente fazia a barba, Orlando reagiu. Ele não se conforma que eu saiba algo sobre nosso pai que ele não sabe. Tentou discordar, mas a mãe confirmou. Meu irmão ficou confuso. Ele é o dono das memórias. Ele é o dono do pai.

***

Quando você não conhece um bom pai, como se transformar em um? Orlando queria ser mais que bom, queria ser perfeito. Queria romper aquela ligação falha e esgarçada que havia entre ele e Claudio mostrando que vencera a influência paterna. Mostrando a quem? A si mesmo? Porque com ninguém em volta dele falava sobre isso. Mas ser um bom pai era enterrar o próprio pai, o pai egoísta e distante que foi capaz de virar as costas para o filho, ignorando se precisava de algo, se estava doente, se crescia saudável, se precisava de ajuda na escola, se faltava alguém para conversar sobre sexo, para questionar o casamento precoce.

"Tão jovem, com tanta coisa para viver, será que é hora de se casar, meu filho?" – Orlando queria ter sido questionado assim, que alguém tivesse tentado tirar de sua cabeça aquela ideia de se ligar à primeira namorada. Ele resistiria um pouco, mas não era teimoso. Quem sabe teria se sentido instigado a rever os planos? Mas ninguém fez isso porque ele era um rapaz tão independente e responsável que todo mundo achou normal que se casasse mal saído da adolescência. Agora, chegando aos 30, com um filho pequeno, ele se perguntava por que fizera aquilo. Por que aceitara a gravidez, que era um plano da esposa?

Luiza – tão feliz! Se houvera dúvidas de que formavam uma família, não havia mais. Aquele menino lindo, a cópia de Orlando, tão bem cuidado, tão esperto, não merecia ter pai e mãe ao lado dele, sob o mesmo teto?

Sim, o menino lindo e esperto merecia os pais sob o mesmo teto. "Toda criança merece os pais sob o mesmo teto", respondia Orlando para si mesmo em um diálogo imaginário. Mas ele sabia que nem todas têm. E sobrevivem. Com cicatrizes, sim, com feridas, com dúvidas.

Uma das dúvidas é: "foi por minha causa que ele foi embora?" Outra: "eu era tão insignificante que não pesei na decisão dele de partir?"

Orlando olhava para o filho. Ele se ocupava do menino tanto quanto Luiza. Claro que jamais partiria por causa de Antônio. Claro que o filho é importantíssimo e pesaria em toda decisão que tomasse. Isso era tão claro. Como... como uma lei da natureza. Isso mesmo, era natural. O que tornava ainda mais desconcertante a atitude de Claudio, que há 17 anos não mandava notícias. Estava vivo, no Japão. Morava naquela cidadezinha onde Kazuo o vira pela última vez. Sabiam disso porque o consulado mantinha o registro atualizado.

Orlando imaginava o pai melancólico e confuso, quase louco, levando uma existência miserável no Japão. Duas vezes sondara Kazuo sobre a possibilidade de que fosse isso: Claudio deprimido, sem forças para comandar a própria vida, um decasségui que ia se deixando ficar na ilha de Hokkaido. Kazuo nem precisava responder. Seus olhos baixos e a expressão triste traíam sua certeza de que Claudio vivia bem e não voltava porque não queria.

***

Um dia isso aconteceria. Mais cedo ou mais tarde. Sim, sim, era inevitável. Não era? Para a surpresa de Orlando, a esposa, a mãe, a irmã e Kazuo não consideravam inevitável: não tinha que ir ao Japão procurar o pai. A esposa recorreu à própria experiência profissional diante da arrogância com que ele afirmou que ela não via o óbvio. "Mais de 60% dos filhos abandonados pelos pais nunca vão atrás deles".

Ela estava brava com ele, mas não pretendia feri-lo. Se feriu foi porque Orlando nunca tinha ouvido da boca de ninguém que era um filho abandonado. Ele, um abandonado. Será que todo ser humano tem a experiência de ser abandonado em alguma altura da vida? Ninguém escapa? Sim, dizia Orlando para si mesmo. Todos abandonam e são abandonados. Pelo primeiro amor, por amantes, pelo melhor amigo, pelos filhos, pelos pais. Algum abandono sempre existirá. Mas o abandono na infância é cruel, deixa uma dúvida permanente, uma hemorragia que não mata, mas enfraquece. Sobrevivente. É isso, o abandonado é um sobrevivente. E sobreviventes se sentem beneficiados por algum tipo de milagre, mas também não esquecem o medo que sentiram, a proximidade com a morte, com o vazio. A vida é pesada para os abandonados.

Momentos como esse, cheios de confusão e estranheza, ocuparam as semanas que antecederam a partida de Orlando. Ele marcou a viagem para três dias depois da festa de aniversário de um ano do filho. Luiza, Tereza e Mirela planejavam a comemoração com cuidado. O menino Antônio era a alegria das três mulheres. "Ele precisa de mim para salvá-lo delas", pensou ao levar o menino para a rua, todo arrumadinho com roupa de festa, enquanto elas se trocavam. Ficou na calçada com o garoto no colo, incitando-o a prestar atenção nos automóveis que passavam. Vruuuumm, vruuuuumm... repetia para o garoto. Antônio, parecendo um pequeno jogador de golfe na bermudinha branca e camisa polo azul clara, tentou repetir o som que o pai fazia. Mas do biquinho que seus lábios úmidos formavam não saía nada. Ainda demoraria muito para começar a falar.

***

A tensão que sentiu durante a viagem até Tóquio se dissipou quando deixou a mochila no pequeno hotel e saiu para a rua. A passagem aérea barata o obrigara a fazer muitas conexões e, a partir de certo momento, parecia anestesiado. Não pensava mais no pai, que encontraria em breve, nem nas três mulheres que deixara no Brasil. Antônio... será que devia ligar para que Antônio ouvisse sua voz? Não, o menino não entenderia mesmo. Era muito pequeno.

Mas agora o que ele via em volta era Tóquio, era o Japão. Cumprimentou todas as pessoas com quem teve o mais leve contato porque tinha necessidade de falar. Será que conseguiria pronunciar as palavras de forma inteligível? Pediu uma informação a um policial apenas para testar sua capacidade de se expressar em japonês. O policial entendeu e indicou o caminho para a biblioteca metropolitana. Orlando se dirigiu para lá como se tivesse um compromisso. Sorria. Estava feliz.

Os dois dias em Tóquio foram solitários. Passou o tempo andando pelas ruas sem pretender ir a lugar algum. Dava preferências às vielas, às ruas laterais, e sondava os pequenos restaurantes, sem ânimo para entrar. Não se sentia confortável na posição de turista. No fim do segundo dia, ao preparar a mochila para a viagem da manhã seguinte, pensou que poderia viver o resto da vida assim, vagando pelas ruas de Tóquio. Caminharia até entorpecer a mente, até todos os estranhos parecerem velhos conhecidos e se tornarem invisíveis. Aqueles dois dias o ajudaram a afastar a mente do Brasil e aumentaram a tensão que a proximidade com o pai causava. Imaginar que no dia seguinte eles se encontrariam, depois de 17 anos, era um pensamento que sua mente não conseguia abarcar. Chegara até ali, do outro lado do mundo, mas a ideia do reencontro ainda era uma fantasia. Pela primeira vez pensou que talvez preferisse a fantasia, que aquele impulso para a ação que sempre se apresentara como uma questão de honra – tenho que esclarecer o que houve com meu pai – agora parecia um equívoco. Certos estavam aqueles 60% dos filhos abandonados que nunca procuravam a família de origem. De onde Luiza tirara a estatística ele não sabia. Mas ela havia falado com tanta segurança que devia ter razão.

***

Duas cartas haviam sido enviadas para o endereço de Claudio Ishigami na cidadezinha de Kaizan. Duas cartas idênticas, postadas em Curitiba com uma semana de diferença. Depois de postar a primeira, Orlando passou a pensar na possibilidade de que o envelope se extraviasse. Acreditar que uma única correspondência seria o suficiente era insensato, concluiu. Imprimiu a carta mais uma vez, assinou, envelopou e postou na agência do correio perto de sua casa. A operação ocupou sua tarde. Tinha os dias livres. Um mês antes da festinha de aniversário do filho, Orlando fora demitido. Ao pedir para agendar as férias, recebeu a informação de que seria dispensado. Foi um susto, mas agora se sentia indiferente ao desemprego. Sua cabeça estava tomada pela viagem ao Japão. Reencontraria o pai, descobriria o que havia acontecido com ele ou por que deixara a família. Conheceria o Japão. Era o suficiente para se manter ocupado. Quanto retornasse ao Brasil, procuraria trabalho. Mais do que isso, decidiria que rumo dar à vida. Voltaria do Japão com uma ferida curada, sem o espinho que carregava no dedo, sem a pedrinha dentro do sapato. Livre da ervilha embaixo do colchão, como a mãe havia lhe dito no aeroporto, numa voz carregada de ironia.

As duas cartas chegaram às mãos de Claudio. Poucas palavras impressas: "Chego a Kaizan no dia seis de abril. Estou feliz com a possibilidade de revê-lo." Cada palavra fora dissecada por Orlando, escolhida entre tantas outras que não diziam exatamente o que ele pretendia ou que deixavam espaço para interpretações. Ele só queria dizer aquilo: que estaria em Kaizan no dia seis de abril e que, para ele, seria um momento de alegria. Se o pai quisesse evitá-lo e saísse da cidade onde morava, Orlando entenderia a mensagem não dita: não quero te ver, vocês não existem mais para mim, me esqueça. Se temia que o filho fosse até o outro lado do mundo para tirar satisfações, que se tranquilizasse. Ia em paz, apenas para ver o pai.

Apenas para ver o pai... que mentira! E Orlando ria sozinho, uma risada irônica, baixa, notada pela moça ao seu lado que também esperava a vez de ser atendida no correio. A moça e seus pacotes. Orlando e seu envelope. Tomara que colem um selo bem bonito, daqueles com desenho de orquídeas, de tucanos e papagaios. Será que o pai ainda era brasileiro ou havia se tornado um japonês?

***

Orlando desembarcou em Kaizan às seis horas da manhã do dia seis de abril, depois de fazer conexão na estação de Sapporo no meio da noite. Mochila nas costas, saiu da pequena estação. Notou o ar fresco, gelado. Respirou fundo. Cheiros novos, não os de Tóquio, não os do Brasil. Sabia para onde ir. Estudara à exaustão o mapa da vila de Kaizan. Seguiria à direita pela rua da estação, caminharia cinco quadras e então viraria à esquerda. A casa do pai estaria ali. Por um segundo se arrependeu de ter ido sozinho. Se tivesse Luiza com ele, ou mesmo Mirela, se olhariam nos olhos naquele momento e ele diria "vamos lá". Agiria mais uma vez como o homem da família, que não vacila, que encoraja e diz que é hora de seguir em frente. Proteger alguém o tornava mais forte, mas agora estava só.

Logo descobriu que aquela certeza de que conhecia a vila como a palma da mão era falsa. O que lhe parecera serem quadras no mapa online eram trechos de uma estrada cortada aqui e ali por outras estradinhas. O pai devia morar em uma dessas estradinhas laterais, que podia estar a alguns quilômetros. Depois de uns vinte minutos de caminhada, veio o medo. E se tivesse entendido tudo errado? Ainda se confundia com os caracteres japoneses. Será que estava indo mesmo para a casa do pai? Abordou com delicadeza uma mulher que caminhava levando uma bicicleta ao lado do corpo. Gaguejou. Mostrou o papel com o endereço. Ela sorriu e indicou o outro lado da rua. Era logo ali, ele tinha passado sem ver. A rua do pai era uma viela, um caminho estreito entre duas casas baixas. Ele entendeu quando ela perguntou "não está vendo?" apontando para lá. Concordou e agradeceu. Quando chegou, entendeu por que ela dissera "não está vendo?" O endereço de Claudio era um prédio de três andares, o único entre as casas baixas de Kaizan. Por que será que o pai escolhera morar em um prédio estando em uma comunidade quase rural?

Tocou a campainha que acompanhava uma plaquinha em que aparecia seu próprio sobrenome: Ishigami. Um som indicou o destrancamento da porta e Orlando entrou. No fim do corredor uma porta se abriu.

***

O rapaz entrou no apartamento térreo, descansou a mochila no chão e só então ele e Claudio se cumprimentaram. Foi um abraço rápido, que Claudio interrompeu dizendo "deixa eu te ver". Sorria e movimentava a cabeça, repetindo reverências às vezes exageradas, às vezes quase imperceptíveis. O sotaque estava muito mais forte. Ou será que sempre falara assim e Orlando é que não notava quando ouvia o pai diariamente? Não. Definitivamente, Claudio falava agora como um japonês e sua expressão corporal estava diferente. As palavras que saíam de sua boca em português eram pronunciadas como se fossem palavras japonesas. Fez boa viagem? Trem confortável? Veio direto do Brasil? Ah, conheceu Tóquio! Grande, né?

Aos poucos, Orlando começou a ver no pai os sinais que esperava ver, os sinais de que sabia dever explicações. Mas não da forma como imaginara, já que Claudio havia se transformado em um japonês e a nova identidade era como uma máscara a protegê-lo do mundo que ficou para trás.

Os sinais eram fortes. Claudio mudava o rumo da conversa constantemente e assim evitava que Orlando chegasse na pergunta que o trouxera ali: por que ficar no Japão? Por que – ou como – abandonar a família? Levaria dois dias inteiros para que a conversa, com circunlóquios e silêncios, chegasse ao ponto que justificava todo aquele esforço por parte dos dois homens.

***

Em vez de virar à esquerda em frente ao prédio e seguir para a rua principal, Claudio caminhou para a direita. Casas muito pequenas, coladas umas às outras, se sucediam. Segundo Claudio, aquele era um dos poucos lugares da vila onde ainda havia construções antigas, tradicionais. Os moradores de Kaizan viviam em casas escondidas dentro das propriedades rurais, a maioria deles, agricultores.

– E você trabalha onde?

– Na fábrica de fertilizantes – a expressão no rosto de Claudio revelava surpresa com a pergunta. O filho não sabia que ele estava no mesmo lugar há muitos anos?

– Faz o quê?

– Controle.

"Controle de quê?" Poderia ter perguntado Orlando, mas o pai parecia confiar que uma palavra fosse o suficiente e o rapaz não quis colocar esforço naquela conversa. Uma onda de irritação se formava dentro dele e se espalhava por seu corpo, como água fervente que a qualquer momento fosse transbordar por seus ouvidos, seu nariz, sua boca.

A rua acabava em um campo de grama bem cortada.

– As crianças da escola jogam beisebol aqui – Claudio explicou.

– Ah...

Orlando perdeu a vontade de falar. Seguiu o pai, desinteressado pela paisagem. Os dois homens cruzaram o campo e atravessaram uma faixa estreita de bosque.

Claudio ia falando sobre o clima, cidade muito fria, muita neve, mesmo assim agricultura boa. Olhava para o chão enquanto caminhava, mas os passos eram rápidos. Orlando notou que agora o pai tinha os ombros curvados. Envelhecera mais do que Tereza. Ia contar isso para a mãe, talvez ela gostasse da informação. "O pai envelheceu bem pior do que você, mãe" – daria a ela essa pequena vingança.

– Você vai bem de saúde? – interrompeu o pai, que falava sobre as maravilhas que os japoneses faziam em uma ilha gelada como Hokkaido. Claudio se virou para ele, surpreso.

– É... sim, sim. Nenhum problema de saúde.

Orlando fazia isso com a esposa, com os colegas de trabalho. Introduzia comentários desconectados do que os outros diziam. Mostrava assim seu desprezo pela conversa à sua volta. "É uma atitude imatura e arrogante", lhe dissera uma colega de trabalho há pouco tempo. Era para ser um conselho profissional, mas ele preferiu tomar como uma implicância pessoal e ignorar.

Tendo perdido o fio da meada, Claudio parou de falar. Caminharam em silêncio entre as árvores altas. Havia pouco mato no chão, o terreno era pedregoso. O bosque acabou abruptamente e Orlando se viu diante do oceano. Estavam no alto de uma falésia e lá de baixo o mar se fazia ouvir, rugindo ao bater no paredão de pedra.

– Eu sabia que você ia gostar – disse Claudio, olhando para o filho. Via no rosto dele que estava impressionado com a paisagem.

***

Claudio parecia empenhado em não perguntar sobre a família. Aquilo fazia com que as horas passadas com ele aumentassem o mal-estar de Orlando. Se não fosse pelo fato de o pai reconhecê-lo como filho, acreditaria que não tinha mais nenhum registro de seus 38 anos vividos no Brasil. O pai vivia em um mundo paralelo. Inalcançável? – se perguntava

Orlando. Sua presença física ali, a caminhada no bosque, o tempo em silêncio diante do oceano, o almoço compartilhado no pequeno restaurante, o passeio pela rua principal. Nada disso comprovava que ele, o filho, acessava o mundo do pai. Iria embora do Japão como tinha chegado – órfão.

Quando os dois voltaram para casa, depois do pôr do sol, Claudio se ofereceu para explicar ao filho como preparar o banho. Apertava botões que regulavam a temperatura da água, que começava a encher a menor banheira que Orlando já tinha visto. Ia perguntar ao pai se devia ficar em pé ou se sentar dentro da banheira, mas foi interrompido:

– A Mirela se formou?

Ah, ele lembrava de Mirela.

– Não, ela abandonou dois cursos que começou.

– Não gosta de estudar?

– É ótima aluna, mas não sabe o que quer.

O pai balançou a cabeça.

– Como eu. Eu também não sabia. Sabe que descobri que gosto de agricultura? Da vida no campo, né? Mas quando era jovem quis ser engenheiro – e riu, como se tivesse contado uma piada.

De um segundo para o outro, Claudio tinha voltado a ser uma pessoa normal diante dos olhos do filho. Talvez uma pessoa desequilibrada, talvez egoísta, mas habitando a mesma dimensão que ele habitava.

– Deve ser uma mulher linda, a Mirela – disse Claudio e saiu do minúsculo banheiro, fechando a porta atrás de si.

***

Na sala de estar, o sofá pequeno serviu de cama para Orlando. O pai riu quando viu seus pés saindo debaixo da manta.

– Mais alto que eu e que sua mãe!

A mãe. Ele falou dela. O mundo começava a se formar em torno de Orlando, como um cenário de brinquedo em que uma criança vai introduzindo os bonecos: o pai, a mãe, a filha. Não existia mundo paralelo. O Japão é apenas longe do Brasil ou o Brasil é longe do Japão, a distância, a língua e os costumes diferentes não fazem de um país um outro universo. Orlando fantasiara que a cabeça do pai, influenciada por algum fenômeno esotérico, apagara as lembranças da família. Agora se aproximava da compreensão de que o pai se aproveitava da situação, da proteção da distância, para fugir.

O pai ia dissipando aos poucos a nuvem de irrealidade que cercava sua vida aos olhos do filho. A paisagem que surgia na neblina vinha carregada de tristeza.

No dia seguinte, Claudio acordou Orlando com uma xícara de café.

— Vai trabalhar?

— Não, não, tirei folga. Uma semana. Você vai ficar aqui uma semana?

Sim, podia ficar uma semana ou até mais, mas preferiu esconder isso do pai. Não sabia se queria ficar esse tempo todo lá. O primeiro dia fora difícil.

— Mas eu posso me virar sozinho se você tiver algo para fazer.

— Claro, claro. Não tenho nada para fazer. Só limpar o apartamento.

— Você comprou esse apartamento?

O pai o encarou. De novo, uma expressão de surpresa. Um estava sempre se surpreendendo com qualquer coisa que o outro dizia. Tudo entre eles era estranhamento.

— É da minha companheira.

Orlando olhou em volta para que o pai não visse o embaraço em seu rosto. Parecia que estava conferindo a qualidade do imóvel ou procurando pela mulher, como se esperasse encontrá-la quietinha em algum canto da sala minúscula e sobrecarregada por móveis e objetos.

— Onde ela está?

– Foi visitar amiga. Em Sapporo. Para deixar nós dois sozinhos. Achou melhor.

Orlando concordou com a cabeça.

– Eu também achei – disse Claudio. Em seguida, abriu um mapa para mostrar o passeio que planejava para aquele dia.

***

– Foi por causa dela que você nos deixou?
– Foi por causa dela que tive coragem.
– Mas precisava ficar em silêncio, não mandar uma carta, não telefonar?
– Eu sei que devia. Mas tive a oportunidade de começar outra vida. E comecei. Tudo andava ruim.
– Aqui no Japão?
– No Japão, no Brasil. Minha vida não progredia. Só problemas.
– Estava deprimido?
– Pensava em me matar.
(...)
– Então... Me matei e renasci. Entende? Para funcionar, tive que deixar a vida antiga.
– E sacrificar três pessoas que te amavam.
– Orlando, você não pode me julgar. Não sabe o que eu estava passando.

— Eu posso te julgar porque sei o que passei.

— Não tem como voltar atrás. Se veio aqui para dizer isso na minha cara, já disse.

— Você é covarde. Egoísta. Nem para me pedir desculpa.

A expressão no rosto de Claudio foi a de alguém que é apresentado a uma ideia nova. Desculpas – não, ele nunca tinha pensado em pedir desculpas.

***

"Se eu ficar bem quieto, sem me mover, a cabeça melhora?..." Ele experimenta deixar o corpo imóvel, a respiração tranquila. Está sentado no sofá da casa do pai. Tem a impressão de que a luz lá fora mudou. Nas persianas da única janela há agora um tom avermelhado. Será o sol nascendo? Não vai se levantar para ver. Não dorme, mas tampouco tem energia para se levantar. Fecha os olhos. Precisa de imobilidade. Se fosse um robô, diria que a cabeça está mal parafusada sobre o tronco. E o cérebro, pequeno demais para o crânio, está solto lá dentro. Eles beberam muito? Sim, beberam. Naquele boteco. Onde era mesmo? Em algum lugar na rua principal, em Kaizan, ilha de Hokkaido, Japão. Ele fumou também. Bastante. Beberam, fumaram e, pior, conversaram.

"Ah, aquela conversa!" Ele balança a cabeça para testá-la e se arrepende. Tem que ficar imóvel.

O corpo imóvel ajuda o cérebro a se imobilizar também. Funciona para a dor de cabeça. Pena que a mente dê um jeito de escapar. A mente corre tanto, um pensamento atropelando o outro, chegando a nenhuma conclusão, que ele decide que precisa fazer algo a respeito. Vai espantar os pensamentos. Vai manter a mente em alguma atividade inofensiva. Fazer contas, listar nomes próprios, refazer um caminho. Contas, não. Nomes, dez nomes com L. De mulher: Luiza, Lucia, Lorena, Luciana, Leila, Lurdes, Larissa, Leticia, Laura, Lila.

Ele e Luiza queriam ter uma filha para chamar de Lila. O bebê é um menino – Antônio. Não sabe nada de Luiza e Antônio há quase três dias. O celular, desligado. Amanhã vai ligar. Devem estar preocupadas, a mãe, Luiza, Mirela. Eram só mulheres na vida dele. Agora tem Antônio. Agora são dois homens. Tem o pai. Mas não tem. O pai está na vida dele e não está. O fato de alguém não participar da sua vida não significa que não faça parte dela. É assim com os mortos, com grandes amores, com pessoas ausentes que não esquecemos. São fantasmas que assombram nossas vidas não porque queiram, mas porque nós queremos. Estranha sensação: se eu os mandar embora, serei mais leve e livre, mas perderei algo precioso. Abandonar os fantasmas é o mesmo que voltar a ter uma alma de recém-nascido. Parece ótimo, mas estou preparado para tanto desapego? – pensa Orlando.

Listar nomes ainda o deixa agitado. Vai tentar refazer um percurso mentalmente. O caminho que recorda com mais clareza: da estação de trens de Kaizan até o apartamento do pai. Ou melhor, até o apartamento da companheira do pai. A mente se agita de novo. Inspira forte. Recomeçar. A plataforma muito pequena. Desembarca do trem e dá poucos passos em direção à grande porta. Está escuro. Luzes frias. Uma porta alta, aberta. O saguão da estação. Não lembra o que tinha lá. Era pequeno também. Sente vontade de rever o lugar. Retoma o pensamento. Sai à rua. Espaços vazios em torno da estação. O ar fresco. Ah, disso lembra bem e é agradável. O frio da manhã. Que hora especial é essa, que ele nunca aproveitou? Não é madrugador, acorda cedo quando é obrigado. O início da manhã no campo é suave, limpo. Notou orvalho nas plantas ou está imaginando? Pode ter notado porque ficou parado ali algum tempo. Era um momento carregado de alegria, excitação por saber que logo estaria no endereço do pai. Medo. Uma aventura o esperava. Foi caminhando. Pelo meio da rua mesmo, como lembra agora? Talvez por alguns metros. Não havia automóveis circulando. Mas tinha pessoas. Não lembra de mais nada. Faz um esforço. Rua larga, comércio. Aberto ou fechado? Acha que aberto, não lembra. A moça! Sim, a moça que levava a bicicleta! Jovem como ele? Hummm. Acha que sim. "Você não está vendo?" – foi o que ela disse: "você não está vendo?"

***

Quando acordou, o pai não estava. Perfeito. Vestiu-se às pressas, dobrou os lençóis e saiu para a rua. Precisava caminhar, precisava de ar, queria fazer o caminho que percorrera mentalmente antes de cair no sono. Não era tão cedo quanto gostaria que fosse para reproduzir as sensações da manhã em que chegou a Kaizan. Antes de ontem, mas parece que foi há meses. Cada hora daqueles dias mais intensa do que meses inteiros de sua vida controlada. Como controlava tudo no dia a dia! Evitava novidades, desdenhava convites com o objetivo de manter a rotina, repetia rituais.

O sol brilhava em Kaizan. Caminhou em direção à estação de trem. Era maior do que se lembrava, mas estava vazia. Conferiu os horários de partida. Podia voltar para Tóquio pegando o trem do meio-dia ou o da meia-noite. Meio-dia ou meia-noite, embarcaria em um deles e deixaria o pai, talvez para sempre. Muito estranho. Pensando nisso, lhe ocorreu que a visita ao pai era como um velório. Estava se despedindo do morto, que seria enterrado. A não ser que o pai resolvesse visitá-los no Brasil, mas ele não demonstrava nenhuma intenção de um dia fazer isso.

Olhou em volta em busca de um café. Havia uma máquina de bebidas. De máquina não queria. Saiu da pequena estação e olhou para a esquerda. O que será que tem para lá, na direção onde não estivera ainda? A rua se abria em uma estrada. Era a entrada da cidade. Dava para ver que as plantações chegavam até ali. Improvável que houvesse um lugar para tomar café ou chá, mas caminhou para lá mesmo assim. Tinha dentro de si o temor de ir na direção da casa do pai e de encontrá-lo. Precisava descansar a cabeça, a alma, o espírito, o que fosse.

Uma mulher saiu pela porta de uma casa e caminhou até o portão. Ele acompanhou os passos dela sem prestar muita atenção. Ela está acenando para mim? Ah, é ela! A mesma da manhã da chegada. Os dois se encontraram no ponto em que o caminho de pedregulhos da casa dela se alargava e se misturava com a estrada.

– Bom dia.

– Bom dia. Posso ajudá-lo?

Ele hesitou antes de responder, de dizer que não precisa de nada. Ela se explicou.

– Desculpe, você parecia perdido. Não quis ser inconveniente – a cabeça se inclinou para reforçar o pedido de desculpas.

– Estou procurando um lugar para tomar café ou chá.

Pela expressão no rosto dela, percebeu que disse algo errado. Parece que tem dado trabalho aos japoneses para entenderem o que diz.

– Claro, venha, será um prazer – e ela indica a porta da casa, que deixou aberta.

Tenta se desculpar, explicar que queria dizer outra coisa, que nem sabe o que disse. Ela ri.

– Eu entendi e estou convidando você para tomar um chá.

***

Os chinelos que Yurie calçava tinham sola de madeira com travas e afundavam no cascalho que cobria o caminho até a casa. Ela andava devagar e erguia os joelhos, como se marchasse. Vestia calça e camiseta de malha muito justas e estampadas com listras azuis largas e estrelas brancas e amarelas. Lembrava uma bandeira, mas de que país? Atrás dela, Orlando a observava. Ela deve ter sentido aqueles olhos curiosos. Parou para que ele a alcançasse.

– Voltei há pouco do treino. Sou ciclista – no tom de voz firme, ela reagia a um comportamento grosseiro dele, observando-a daquele jeito.

– Desculpe, eu...

Parou de falar, distraído pelo local onde chegaram. Além do mais, não falar é um alívio quando se tem que fazer esforço para encontrar as palavras, quando a língua estrangeira faz você se sentir tolo, a permanente limitação para se expressar. Em português, Orlando era um sedutor, que fazia rir, que feria com ironias, que desconcertava com malícia. Em japonês, era competente o suficiente para provocar a admiração de seus interlocutores, mas não para usar os estratagemas verbais com que apresentava ou escondia sua personalidade.

Em frente à casa, ela indicou um longo banco encostado na parede da casa, uma tábua apoiada sobre duas bases de pedra. Era feito do mesmo material usado na construção da residência e ficava quase invisível diante dela. Uma hera que cobria a base da casa se agarrava também no banco. Yurie se sentou na ponta mais próxima da porta aberta. Orlando se acomodou na outra extremidade e se concentrou em não observá-la descaradamente, em não fazer muitas perguntas. O comportamento dele era visto como um pouco agressivo no Brasil, o que diria então no Japão.

De dentro da casa, veio uma senhora trazendo uma bandeja, que colocou perto dele. Devia ter ouvido a voz do visitante e trouxe três canecas.

– Minha mãe.

Ele se levantou para cumprimentá-la com uma cortesia de cabeça.

– Ela também foi ciclista.

Ciclista. De novo a palavra o obrigou a pensar. Era nova para ele.

– Íamos tomar chá aqui fora quando você se aproximou. Para aproveitar que o dia está agradável.

Ele olhou em volta como se conferisse se o dia estava mesmo agradável como ela dissera. Notou que não fazia frio. Mas o que de fato chamava a atenção era o céu. Eram nove, talvez dez da manhã, mas naquele momento o dia estava um pouco escuro por causa de uma grande nuvem cinzenta e baixa. Como para lembrar ao mundo que estava ali, o sol desenhava bordas alaranjadas e brilhantes na massa escura que ia se deslocando devagarzinho e saindo da frente dele. Era um céu extravagante.

Ele se virou para as duas mulheres. A mãe, olhos baixos e um leve sorriso. A filha, com uma expressão tranquila, mas atenta. Atenta a ele.

– Minha mãe e eu vimos você ontem à noite entrando no bar com seu pai.

Ele ia perguntar por que ela não o chamou, mas se conteve. Estava pensando nela como em uma velha conhecida só porque haviam se encontrado antes e trocado algumas palavras. Levando em conta que estava no Japão e que a única pessoa que conhecia ali era seu pai, nenhuma mais entre aqueles milhões de pessoas, cruzar com Yurie duas vezes fazia dela alguém familiar. Mas era uma falsa impressão, uma espécie de déjà-vu criado pelo cérebro para amenizar tanto estranhamento que vinha sentindo.

– Como você sabe que ele é meu pai?

A mãe abriu mais os olhos e fez um biquinho com os lábios sinalizando surpresa com o rumo da conversa.

– Eu deduzi. Naquele papel do endereço que você me mostrou dizia "casa do pai".

A mãe meneou a cabeça e sorriu. A confusão estava esclarecida.

Na cozinha de Tereza, Kazuo pedira a folha de caderno onde Orlando tinha copiado o endereço. Tirou uma caneta do bolso da camisa e com evidente esforço reescreveu tudo usando caracteres kanji.

Kazuo sempre estava tentando ajudá-lo. Era um homem bom. Era paternal. Como nunca tinha me dado conta disso? – se assusta Orlando. "Tá precisando de alguma coisa?" – a questão sempre aparecia no momento da despedida, dita de lado, com cuidado para mais ninguém ouvir. Kazuo lembrava dos aniversários, telefonava, "tá ficando velho!" e ria, como se tivesse dito algo muito espirituoso. Nos últimos anos, aparecia para visitas combinadas com Tereza. Sua presença intrigava Orlando. Agora entendia. Kazuo tentava compensar um pouco a ausência de Claudio, como se sentisse responsável pelo sumiço do amigo.

As duas mulheres olhavam a paisagem tão familiar para elas. Pareciam não se importar com os silêncios em meio à conversa. Era confortável para Orlando. Naqueles dias solitários, falar menos o poupava do esforço para expressar o que sentia, o que pensava. Por que temos que mostrar sempre o que estamos sentindo? – queixara-se para Luiza certa vez. Ela deu uma risadinha e não retrucou. Rememorando a conversa, parecia que a esposa queria dizer algo e agora ele entendia o que era. Que o problema de Orlando era outro, que ele sempre expressava seus sentimentos esfregando nos outros suas mágoas e ressentimentos. Luiza estava sendo irônica, silenciosamente irônica. Estava aprendendo com ele, mas naquele momento o superara.

Yurie quebrou o silêncio para contar que pegaria um trem para Sapporo, onde morava.

– Meio-dia ou meia-noite?

– Meia-noite. Hoje, à meia-noite.

Ele mal a conhecia, mas se sentiu abandonado.

***

Claudio, encostado no fogão, os ombros muito arqueados, virou a cabeça quando o filho entrou. O rosto estava tenso.

– Estava te esperando para ir ao mercado – caminhou em direção à porta, jogou a revistinha de sudoko sobre o sofá onde Orlando dormia, tirou uma chave de carro do bolso e chamou. – Vamos. É longe.

O pequeno automóvel vermelho estava estacionado em uma viela ao lado do prédio. Muito bem cuidado, a pintura bem encerada, limpo por dentro. Seria sempre assim ou o pai cuidara dele para impressionar o filho? Claudio manobrou com destreza na via apertada e os dois pegaram a avenida. Passaram pela casa de Yurie e Orlando teve vontade de perguntar ao pai se conhecia as duas mulheres. Mas havia tensão entre eles. Claudio parecia se sentir traído com a pequena liberdade que o filho tomara de sair sozinho. Ou seria a conversa da noite na noite anterior?

Dois homens bêbados misturando saquê e cerveja em um balcão de bar. Lembrava de outros clientes, todos homens, que às vezes olhavam na direção deles quando o volume de suas vozes subia. Não importava. Ninguém entendia mesmo o que diziam. Deviam conhecer Claudio, o decasségui que ficou, que mora com uma mulher que conheceu na vila. Agora estavam descobrindo que ele tinha uma família no Brasil, que tinha um filho mestiço. Será que alguma vez ele falou com alguém sobre sua família? Orlando tinha certeza que não.

***

O mercado de peixes estava quase fechando quando os dois chegaram. Claudio caminhou entre os vendedores sem prestar atenção. Sabia aonde queria ir. Um vendedor muito magro o cumprimentou: "bom dia, Ishigami-san". Claudio era um cliente habitual. Fazia a pequena viagem até a vila pesqueira uma vez por semana. Seu turno na fábrica começava à tarde, tinha tempo de ir ao mercado bem cedo e preparar o peixe para o almoço. Só voltava do trabalho por volta da meia-noite. As informações sobre a vida dele iam aparecendo, ao acaso. Orlando deduziu que era uma vida dura.

Claudio apontou um peixe comprido e fino. As escamas prateadas refletiam a luz que atravessava as telhas acrílicas do galpão. O vendedor queria explorar o efeito: segurando pelo rabo, mostrava um lado e outro do peixe, como quem exibe um colar de diamantes. Não precisava tanto esforço. Mais tarde Claudio contaria ao filho que sempre comprava o mesmo peixe do mesmo vendedor. Só nos meses de verão era obrigado a aceitar outro já que aquela espécie desaparecia do mercado.

O mercado ficava no final de uma estradinha, em uma vila menor do que Kaizan. A poucos metros, viam-se barcos que estavam sendo reparados. Mais adiante, a baía. O lugar era quieto, mas não como uma vila abandonada. Havia alegria no ruído distante do mar, nos sons dos pássaros, em um cachorro que latia em algum lugar. Os humanos é que não produziam sons. Apenas o inevitável.

O vendedor passou por eles enquanto guardavam o peixe no porta-malas. Agora ele carregava uma caixa com gelo. "Adeus, Ishigami-san". Claudio se lembrou de algo ao abrir a porta do carro. Gaguejou alguma coisa e saiu com passos rápidos. Orlando, com a mão na maçaneta, seguiu o pai com o olhar. Melhor ir atrás dele, melhor não provocá-lo mais.

Uma lojinha minúscula, com muita mercadoria. Claudio estava no caixa, pagando. Quando encontrou o filho na porta, mostrou três papéis coloridos. Loteria, ele jogava toda semana.

– Sempre aqui, na vila?

O pai foi caminhando de volta para o carro. Disse algo que Orlando entendeu ser um "sim". Achou curiosa aquela rotina do pai. Comprar sempre o mesmo peixe do mesmo vendedor, fazer jogos de loteria na mesma lojinha escondida em uma vila de pescadores.

– Por que aqui? – perguntou, divertido.

– Me dá sorte.

– Então você já ganhou?

– Uma vez.

– Olha só! Fez o que com o dinheiro? – Orlando sentiu ao deixar as palavras saírem de sua boca que era uma pergunta desconfortável.

– Comprei passagem.

– Para onde?

Claudio não respondeu.

***

As horas que se seguiram foram silenciosas. Claudio, na cozinha, cozinhando o peixe. O almoço acompanhado por cervejas. Claudio limpando a pequena cozinha. Orlando tentando prestar atenção no programa que o pai via na tevê diariamente naquele horário: um noticiário sobre a agricultura de Hokkaido.

Claudio descansou um copo de chá na mesinha em frente do filho.

– Vou me deitar. Um pouco.

Orlando teve a impressão de que o pai se arrastava. Algo o perturbava. Quando perguntou o que fizera com o prêmio da loteria, temeu que ele interpretasse a curiosidade como interesse no dinheiro. Mas sabia que não era isso que atormentava o pai. Para onde ele teria ido na viagem que fez com o prêmio? Talvez a única extravagância desses quase 20 anos. Uma ideia lhe passou pela cabeça e o fez levar uma mão à cabeça. Não podia ser... Por que o pai voltaria ao Brasil se não fosse para vê-los? Deixou o corpo cair de lado sobre o sofá, colocou o rosto contra o travesseiro, encolheu-se como um feto. A ideia do pai no Brasil sem procurar por ele e Mirela sugou suas forças. Não, não! Por que o pai faria isso? Para mostrar a terra natal para a companheira? Para matar saudades... de quem, se não dos filhos?

Orlando buscou uma alternativa. Talvez Claudio tivesse feito uma viagem para algum lugar sofisticado e estivesse com vergonha de contar. Talvez algum país vizinho do Japão. Com a companheira. Por isso não quis contar. Deve ser isso. Voltou a sentar. Suspirou. Esfregou a cabeça, que mantinha quase raspada. Sentiu os cabelos que pinicavam suas mãos. Tocou o rosto. Era hora de fazer a barba. Que bom, tinha algo para fazer. Ia sugerir ao pai que fossem juntos à barbearia. Não queria voltar a pensar no pai no Brasil sem eles. Seria uma grande traição, uma demonstração de desafeto. Seria o fim.

Claudio demorou para acordar. Parecia cansado, abatido, como se tivesse despertado no meio da noite. Surpreendeu-se com a sugestão do filho, com sua disposição tranquila, animada até.

Os dois foram para a rua. O rapaz quase saltitava, tentava se animar. Inspirou o ar gelado e limpo quando chegou na calçada. Claudio, sempre de cabeça baixa, observava, confuso. Parecia temer uma mudança de humor repentina do filho, como se convencido de que ele tramava algo.

Crianças passavam em grupos. Voltavam para casa depois da escola. Orlando admirou seus uniformes impecáveis, as saias das meninas, as gravatas dos meninos. Ocorreu-lhe que seria uma experiência interessante para Antônio estudar no Japão. Quem sabe um dia?

Pararam em frente à barbearia. A fachada lembrava uma lavanderia, com grandes vidraças e desenho de bolhas de sabão na porta de metal. Antes de entrar, Orlando olhou para o cartaz onde estavam anotados os preços, mas não conseguiu entender. "É caro?", perguntou ao pai, que respondeu com um muxoxo.

Um rapaz de guarda-pó branco se dirigiu a Claudio e o convidou a sentar. Orlando teve que esperar. Sentou-se para observar o pai enquanto era preparado pelo cabeleireiro.

– Eu vou querer cortar o cabelo, acertar a bagunça que está na minha cabeça – disse, em uma tentativa de conversa.

O cabeleireiro concordou, sorridente.

"Também quero cortar a barba". Agora o rapaz parou o que fazia e explicou que não fazia aquilo. Por alguma razão, a explicação estava longa demais e Orlando concluiu que havia se expressado mal. Calou-se e se concentrou no pai, que estava de olhos fixos em um ponto qualquer à sua direita. Não se olhava no espelho. Não parecia relaxado nas mãos do barbeiro que, além de cortar os cabelos grisalhos, se demorava em uma massagem vigorosa no pescoço e nos ombros do cliente. Estava consciente de que o filho o observava.

Orlando encontrava muito o que olhar no pai, que tinha chegado à meia-idade e entrava na velhice longe dos olhos dele. Tinha uma cabeleira volumosa. Os fios escuros e grossos eram mantidos longos quando ainda morava com a família. Nas fotos daqueles anos, aparece com uma franja comprida, dividida ao meio, as orelhas e o pescoço cobertos pelos fios lisos. Agora os cabelos eram curtos e havia alguns fios grisalhos. Orlando, aos 28 anos, era mais grisalho do que o pai. Também tinha o cabelo mais ralo. No Brasil, sentia-se um homem de meia-idade naufragando nas responsabilidades. Aqui, ao lado do pai, longe das pessoas por quem se sentia responsável, estava rejuvenescido. Voltara aos 28 anos. Era um homem jovem, com muito o que viver. Agora se perguntava se seria isso que o pai sentiu ao se afastar da família. Talvez, ao se ver livre de responsabilidades, o pai tenha recuperado a liberdade e a juventude. Não quis mais desistir delas. Será? Estava perto de ter mais empatia pelo pai do que jamais tivera e, ao mesmo tempo, sentia a mágoa voltando. Ele era o adulto que podia entender Claudio e era também a criança abandonada.

Quando o corte ficou pronto, a cadeira foi trazida à posição inicial, o pano branco foi retirado. Claudio se levantou com cuidado. Trocou algumas palavras com o cabeleireiro, sem olhá-lo diretamente nos olhos. Ele nunca olhava nos olhos de ninguém – Orlando se dava conta naquele momento. O pai era simpático, gostava de conversar, mas sempre desviava o olhar.

– É relaxante. Você vai gostar. – disse Claudio ao indicar a cadeira para Orlando.

***

A estação de trem ficava a 20 minutos de caminhada. Podia arriscar. Certamente haveria lugar disponível. Orlando gostava de saídas dramáticas, de repentinamente se afastar encerrando uma conversa que seu interlocutor ainda não tinha concluído. Fazia isso com o chefe no trabalho, com a mãe, com a esposa. Quando algo lhe pesava, ia embora. Era abrupto o bastante para desconcertar quem com ele conversava e discreto o suficiente para não ser acusado de grosseria. Agora seu impulso era repetir aquele movimento de retirada. Um movimento surpresa, não planejado, impulsivo e de efeito dramático. Três dias depois do reencontro, deixaria o Japão, o pai, a casa do pai, a vida do pai.

A ideia tomou conta dele como uma droga inalada que se espalhava rapidamente pela corrente sanguínea. Não lhe ocorreram as consequências do que ia fazer, as desvantagens, não percebeu a infantilidade. O que tinha que pegar mesmo? A escova de dente no banheiro. Pegou. Não conseguia pensar em mais nada porque mantinha tudo na mochila o tempo todo. Vestiu o casaco de nylon que estava pendurado no gancho de metal ao lado da entrada. Colocou a mochila nas costas. Teve cuidado ao abrir e fechar a porta para não fazer barulho.

Lá fora, teve ganas de andar rápido, de correr até, como se estivesse sendo seguido. Não havia movimento na rua, que era mal iluminada. Perto da estação, sim, havia automóveis e pessoas que entravam e saíam. Conferiu se havia passagem disponível para o trem da meia-noite. Tinha que ir até Sapporo e lá embarcar em outro trem para Tóquio. Comprou a passagem só até Sapporo. Cada etapa parecia exigir reflexão e ele não conseguia pensar em tudo ao mesmo tempo.

O trem já estava na plataforma. Parou em frente a um dos vagões ainda fechados. O embarque não estava liberado. Tentou repassar o que tinha feito nos últimos minutos, como chegara ali. Recordou a sensação de que não aguentava mais, de que não queria descobrir mais nada, a desconfiança sobre a passagem que o pai comprou com o prêmio da loteria retornando ao pensamento por mais que tentasse afastá-la, o pai no Brasil com a companheira, talvez mostrando para ela os parques de Curitiba, talvez as praias do Rio de Janeiro. O pai os ignorando-os.

Ao colocar as mãos nos bolsos, deu-se conta de que estava sem o celular. Carregando, na cozinha! Isso, estava na cozinha. Suspirou. Tinha que voltar. Como falaria com Luiza, com a mãe? Como saber do filho? O pai talvez estivesse acordado, talvez já tivesse notado a ausência dele. Teriam que conversar, ia ser desagradável. Talvez ele nem embarcasse mais naquele trem. Paciência. Sentiu alívio por se ver obrigado a desistir da fuga noturna.

Ao se voltar na direção da porta, viu Yurie e ela o viu. Permaneceu onde estava e deixou que ela se aproximasse.

Ela estava elegante, um longo casaco cor de caramelo quebrando a rigidez da calça e da blusa de lã preta. Os cabelos soltos pelo ombro. Alguns fios brancos na linha que dividia o cabelo. Será que ela tinha a mesma idade que ele? Será que era mais velha?

– Resolveu ir embora?

Ele respondeu com um movimento da cabeça.

– Está difícil, não é?

Ela sabia. Talvez ele parecesse desesperado. Sentiu um nó na garganta. Um nó que deveria ter arrebentado há vários dias, mas resistia. Yurie ofereceu os braços com um gesto muito discreto, tímido até, e Orlando se aproximou, os olhos fechados, o rosto se escondendo no pescoço dela. Ficaram assim por alguns segundos, talvez minutos, o suficiente para as portas do vagão se abrirem e os dois embarcarem.

***

Em Sapporo, ele seguiu Yurie. Tomaram um táxi. Desceram no apartamento dela. Sempre em silêncio. Estavam cansados da noite às claras, da intensidade da conversa em que ele resumiu para ela o que havia vivido nos últimos dias. O encontro com o pai que não parecia arrependido de ter abandonado a família. Um pai que não tinha nada para contar ou que não queria se revelar, como se protegesse sua vida atual de alguém que poderia contaminá-la. Contou sobre a estranha conversa no bar quando os dois, bêbados, perderam o controle sobre seus segredos.

***

— Orlando, você não pode me julgar. Não sabe o que eu estava passando.
— Eu posso te julgar porque sei o que passei.

– Não tem como voltar atrás. Se você veio aqui para dizer isso na minha cara, já disse.

– Você é covarde. Egoísta. Nem para me pedir desculpa.

Pronto. Orlando pôs para fora o segredo que escondia de si mesmo. Era isso que buscava no Japão. Um pedido de desculpas. Que vergonha! Havia se arriscado a fazer uma viagem longa e tensa em busca de algo que não dependia dele? Que estúpido! O pai estava cuidando da própria vida. A seu modo. Não tinha feito outra coisa nos últimos 17 anos. Como se fosse um objeto delicado, uma folha de papel. Agia por autopreservação. Não fazia nada pelos filhos.

– Eu faço tudo pelo Antônio – disse Orlando, como se pensasse alto.

– Claro – a voz do pai saiu baixa, grave.

Os dois ficaram em silêncio, olhando para os copos de cerveja.

– Você não sentiu vontade de ver Mirela, de me ver? – o olhar que dirigiu ao pai era duro. Sentia que Claudio merecia ser espremido, acuado, e ele, encorajado pela mistura de saquê e cerveja, reconheceu que era seu momento de fazer o papel de inquisidor. Devia isso à Mirela, à mãe.

– Senti. Sempre.

– Mas quis ficar aqui.

Claudio não respondeu.

Orlando pediu mais uma cerveja e, quando foi se servir, derrubou a garrafa. A cerveja escorreu pela mesa e caiu sobre sua perna que entrava sob o balcão. Claudio se apressou em erguer a garrafa e em secar com um guardanapo o jeans do filho.

Observou o pai, apressado, limpando a calça. Um gesto amigável, desajeitado, de homem velho. O guardanapo ensopado. Enfiou-o dentro do copo vazio de cerveja e fez um gesto para o garçom, que trouxe outro e mais uma garrafa.

– Você não tem condições de me julgar.

Orlando se virou para o pai de olhos arregalados. De novo aquilo?

– Por que não? Eu estava lá! Eu sofri as consequências da tua escolha!

– Mas você não estava na minha pele. Você não sabe o que eu estava passando.

– O que você podia estar passando que te impedia de embarcar na merda de um avião e voltar para casa? De entrar em casa fosse do jeito que fosse. Deprimido, sem dinheiro? Ainda ia ser melhor, sabia?

Claudio virou a cabeça um pouco na direção do filho, sem olhá-lo.

– Sabe o que me espanta? Que você não tenha nada para dizer. Para mim, teu filho.

O homem mais velho olhava o copo de cerveja, as duas mãos unidas como se rezasse, os ombros curvados. Orlando observou o rosto do pai, que fitava o copo como um técnico que procura a peça quebrada no motor de um carro. O pai não falaria. Tinha que desistir da provocação. Voltou-se para seu próprio copo e, sem se dar conta, passou a observá-lo como o pai fazia.

– Você não pode entender, Orlando, porque tem 28 anos.

O pai retomava a conversa? Orlando reagiu como se acordasse depois de hibernar na caverna.

– E daí? Também sou pai, também sou marido, também sou homem.

– Mas você tem 28 anos! Você acha que pode tudo. Que pode dar o rumo que quiser para a tua vida. Que é o senhor do destino. Que esse destino só pode ser bom. Para mim, acabou cedo. Quando me casei, já sentia a dificuldade. O esforço para dar cada passo.

Enquanto Claudio falava, imagens pipocavam na cabeça de Orlando: o pai, jovem, sorridente, rindo com seus amigos. O pai falando, agitado pela excitação, na véspera da viagem dos decasséguis. Ele se pergunta se tudo aquilo era falso ou o que ele diz agora é que é.

– O que você quer dizer?

Claudio inspirou ruidosamente. Virou-se para o filho. Agora quem parecia bravo era ele.

– Quero dizer que eu fracassava uma vez, outra vez e outra vez. Não tinha emprego. Não tinha dinheiro. Tinha dois filhos. Em Sapporo, logo vi que o esforço não ia dar em nada. Uma hora a gente ia ter que voltar, começar tudo de novo. Dava para pagar umas contas. Como o Kazuo fez. Mas e depois?

Continuou olhando para o filho, como se esperasse resposta. Insistiu:

– E depois?

***

O céu sem estrelas e sem lua ganhava tons avermelhados. Ainda era noite e era quase dia. Quando entraram no apartamento, o sol surgia na janela da sala. Parecia a mesma planta do apartamento do pai, em Kaizan, talvez um pouco maior. Orlando ficou parado na entrada, a mochila pendurada nas mãos, descalço, medindo o espaço mecanicamente. Era mesmo igual à casa do pai, mas tinha menos móveis, menos objetos. Por isso parecia maior. Yurie foi até o quarto, voltou sem casaco, sem bolsa e com um travesseiro e um lençol nas mãos. Parou na porta do quarto olhando para o homem. Diante da imobilidade de seu hóspede, de sua expressão cansada, teve uma reação abrupta. "Venha" – ordenou, indicando o quarto. Os dois se deitaram na cama sem tirar a roupa. Ela apagou a luz e dormiram.

***

Yurie tentou não fazer barulho, mas ele acordou. Queria tomar banho. O banheiro era muito claro, inundado por luz natural. Olhou em volta em busca da fonte de tanta luminosidade. Uma janela no alto, sobre a banheira. Ficou admirado com a perícia de quem projetou aquele apartamento tão pequeno e conseguiu capturar o sol dentro dele. Quando era estudante de escola técnica, sonhava em ser arquiteto. Os colegas preferiam engenharia ou apenas queriam terminar logo os estudos para trabalhar em tempo integral. Eram rapazes de famílias remediadas como a dele, que trabalhavam para ajudar os pais. Orlando entendia que na arquitetura poderia desenhar pequenos pedaços de mundo, deixar sua assinatura. Mas na última hora surpreendeu a família: esqueceu tudo o que havia dito e fez jornalismo. Nunca lhe faltou trabalho, mas tampouco foi o que esperava. No seu último emprego escrevia para um site especializado em trens de carga. Lembrar do trabalho lhe fazia mal. Um nó na garganta. Nunca mais. Vai mudar, vai fazer outra coisa. Animado não está. Mas está decidido. Vai mudar. Aqui no Japão, longe de casa, sente que está livre de um peso que carregava, como um condenado que levou um rinoceronte sobre as costas, se arrastando, sufocando. A danação não o acompanhava mais, o rinoceronte não embarcou com ele para o Japão. Aqui, nesse banheiro banhado pelo sol, ele se sente bem.

***

Yurie abriu a janela do quarto e deixou a mochila sobre a cama. O dia lá fora era morno, luminoso. Orlando vestiu uma calça e uma camisa clara. Estava descansado. Tomaram o café quase em silêncio. Ao falar, corriam o risco de invocar outras vidas que não compartilhavam, que eram só de Orlando ou só de Yurie. Para preservar aquele encontro, calavam.

Yurie contou que sempre treinava cedo, mas que por causa da noite passada no trem tiraria o dia de folga. "Podemos caminhar um pouco para você conhecer a vizinhança." Ele concordou com um sorriso. Os dois se olhavam nos olhos, sem timidez, e pareciam confortáveis sem dizer palavras.

Nas ruas de Sapporo, tudo brotava. Árvores e arbustos tinham folhas claras, pequenas, macias. Orlando pensou, aliviado, que a cidade enverdecia com a chegada da primavera. Se ainda houvesse neve, se as árvores estivessem nuas provavelmente se sentiria melancólico. Porque lá no fundo de si mesmo, por trás do alívio que a distância lhe trouxera e do encantamento que a presença de Yurie provocava, o Japão lhe causava melancolia. Era a terra do pai dele, a terra que o pai escolhera. Que sensação era aquela? Esforçava-se para entender enquanto ia tocando com as pontas dos dedos os arbustos, os troncos das árvores nas ruas de Sapporo.

Sentia-se excluído, é isso. Conseguiu entender: excluído como se sente a criança que é rejeitada pelos amigos e de longe os vê brincar, rir e abraçar. Havia algo entre o Japão e o pai dele, entre o pai dele e aquela mulher cujo nome nunca fora pronunciado. Orlando estava de fora. Por isso olhava para as árvores, para os canteiros, e não para as pessoas ou prédios. Yurie confundiu aquela estratégia para evitar a dor com interesse genuíno pelas plantas e o conduziu a um parque dentro da cidade. Era perfeitamente organizado e ainda assim parecia natural, como se fosse um bosque transplantado de dentro de uma floresta para a área urbana.

Onde o bosque acabava, água corria sobre um leito de pedras, as margens formavam paredes com grandes rochas recortadas. Orlando entendeu que era um canal. – Não! – corrigiu Yurie. – É um rio.

"Um rio, que seja" – pensou Orlando. Ela o puxou pela mão:

– Venha ver.

Peixes. De perto dava para ver os peixes, muitos, nas águas rasas. Também havia patos e algumas aves pequenas que se aproximavam da água para beber. Na margem oposta, via-se um prédio. Orlando ficou observando a proximidade entre a vida urbana e o rio vivo e seus habitantes. Sentiu a mão de Yurie se mover, escapando da sua. Apertou-a. Beijou o dorso da mão que segurava.

***

Yurie treinava pesado. Voltava para casa no início da tarde, pálida de cansaço. Pedia licença para se deitar um pouco. Era um costume. Jogava-se na cama para dormir 30 ou 40 minutos. Orlando a observava pela porta do quarto. Quando ela adormecia, se aproximava com um livro na mão. Sentava-se na beira da cama e esperava. Depois colocava a perna sobre o colchão. Se certificava de que ela ainda dormia. Então, a outra perna. Podia agora se recostar e ler. Parecia o mundo perfeito, ler em um quarto fresco e silencioso ao lado de uma mulher que dorme. Uma mulher que sorrirá ao despertar e vê-lo ali, que o tocará no braço, tirará o livro de suas mãos, e o puxará devagarzinho para cima dela.

***

Para Yurie, ele disse que saía para caminhar enquanto ela treinava. Era mentira. O apartamento vazio e silencioso era tudo o que queria. O apartamento não era o Japão nem o Brasil. Uma casa ou um apartamento é um lar quando nos sentimos confortáveis neles. Um lar é um refúgio, o lugar perfeito para nós no universo.

O que me interessa a cidade lá fora, o céu urbano com poucas estrelas? – pensava Orlando. O que me interessa o mundo? Para a minha sanidade o que interessa é o lar, o refúgio.

Orlando se sentia livre no Japão, e isso era bom. Mas ainda precisava de refúgio para que a liberdade não rompesse os limites de sua personalidade, para que ele não se perdesse. Diante daquele universo que se abria em volta dele, precisava se fechar um pouco, olhar para dentro. Lembrava da cena de um filme: o astronauta sabe que não tem como retornar para a Terra e por isso flutua sem destino pelo espaço até que o oxigênio acabe. Vai feliz, aproveitando uma liberdade que nenhum outro ser humano experimentou. Mas vai consciente de que é o fim. Orlando não quer o fim. Tem medo. A liberdade o assusta. Precisa se agarrar em alguma coisa. Agarra-se em Yurie e na casa de Yurie.

***

Na pequena estante cabem quantos livros? Não mais que cem, metade deles em inglês. Foram usados por Yurie enquanto estudava tradução na Universidade de Sapporo. Orlando mergulha neles.

O homem promete à esposa que um dia lhe dará um broche de ouro, mas não consegue nem garantir uma casa para morarem. Orlando imagina o personagem como uma figura triste, um homenzinho feio de pele manchada. Ainda assim se identifica com ele. Um homem faz promessas demais. Mesmo sem abrir a boca. A presença do homem na casa já é uma promessa. Ele garantirá proteção, ele garantirá teto, ele trará o broche. Suspira. Aprendeu com o pai que um homem não garante nada, nem a própria presença. Está consciente disso e empenhado em não falhar com quem conta com ele. Está tranquilo quanto a isso. Nem por um instante se questiona por estar ali, na casa de Yurie, longe da esposa, da mãe, da irmã e do filho. São férias, é um intervalo. Nada muda. Ele vai ganhar uma nova energia. Vai crescer. É o que diz para si mesmo. Para Yurie, contou que saiu do Brasil em meio a uma crise pessoal. Precisava acabar com uma questão mal resolvida. Referia-se ao pai, mas não explicou. Se Yurie entendeu que a crise era com a esposa, ele não procurou esclarecer. Tampouco falou do filho. Seria estranho compartilhar sua vida familiar com ela. Afinal, Yurie é sua... sua... amante? Namorada? Não quer pensar nisso.

***

Do alto do mezanino ele observa a loja que parece a sala de comando de uma nave espacial. Sobre grandes mesas redondas descansam aparelhos eletrônicos que são manipulados e testados pelos clientes. Yurie precisa de um novo celular. "Desculpe, parece que vai demorar um pouco." Não tem problema, não tem nada para fazer mesmo. Desce alguns degraus e se aproxima de uma das mesas onde computadores ligados podem ser testados. Ele se dá conta que dali pode mandar uma mensagem para a família. Olha em volta. Ao seu lado, adolescentes japoneses riem enquanto olham para algo no monitor de um computador. Orlando sorri, deduz que seja uma cena de sexo, e estica o pescoço com uma expressão maliciosa. Vê um gigante de pedra ser comandado por um gatinho branco. É um jogo e os adolescentes reagem à sua curiosidade com má vontade.

Ele volta a atenção para a máquina na sua frente. Escreve uma mensagem para Luiza.

"Perdi meu celular. Tudo bem por aqui. Volto para o Brasil em cinco dias. Espero que esteja tudo bem com vocês. Sei que o Antônio está bem porque você é uma ótima mãe. Orlando"

Pronto. Enviou a mensagem. Depois voltou a lê-la. Não estava decidido a voltar em cinco dias, apenas escreveu o que lhe pareceu razoável: um prazo não muito longo, mas distante daquele momento. Quanto à última frase, arrependeu-se dela. Parecia colocar muita responsabilidade nas costas de Luiza. Ela perceberia isso. Era para ser um elogio, mas não deu certo. Paciência.

Desde a chegada na casa do pai, a disposição para se comunicar com a família no Brasil desaparecera. De Tóquio, telefonou para Luiza, mandou fotos para Kazuo e para a irmã. Comprou um presente para a mãe. A partir do momento em que desembarcou em Kaizan, sua energia se concentrou no que estava perto: o pai, o Japão. Não sobrava força ou vontade para pensar nos que ficaram no Brasil. Logo voltaria ao normal, tinha certeza. Embarcaria em um avião e deixaria aquele país, o pai, Yurie. Doía deixar Yurie. Mas tinha que ser. "Sou realista" – dizia para si mesmo – "e ela também é".

***

Ela desperta segundos antes de o alarme tocar. Evita assim que o barulho atrapalhe o sono dele. É muito cedo, quase madrugada. O percurso de trem até o local de treino é longo, mais de uma hora. Não há necessidade de que ele acorde. Afasta o edredom com cuidado e se senta na cama. À sua frente está a janela coberta por uma cortina grossa. Seu primeiro impulso seria abri-la para saber se chove, se faz frio. Agora não mais. Move-se no escuro. Sobre o banquinho de madeira embaixo da janela, a roupa que deixou preparada antes de se deitar. Veste-se lentamente.

A calça. Agora uma blusa. Meias. Deitado de costas para ela, ele adivinha seus gestos. Gostaria de vê-la se vestir, de acompanhar seus movimentos lentos e pensados como fizera na primeira manhã. Mas ela diz que não, que ele não deve acordar tão cedo. Então ele acompanha com o pensamento, atento aos ruídos.

Ela se levanta e vai ao banheiro. O quarto mergulhado na paz das primeiras horas da manhã, na falta de pressa de dois adultos que têm controle sobre suas vidas e suas agendas.

Quando ela ruma para a cozinha, é vez de ele se levantar em silêncio. De pés no chão, vai ao encontro dela, que está debruçada sobre a pia da cozinha preparando café. Ela não olha para trás, mas sorri um sorriso minúsculo, que disfarça seu contentamento com a aproximação dele. Acontece então um movimento de encaixe, como duas peças de madeira recortadas para se complementarem e ficarem juntas para sempre. Aproximando-se pela direita, ele encosta a perna direita na dela e a outra dá um passo para frente, cercando-a por trás. Abraçam-se como dançarinos de tango. Mas, ao invés de jogar o tronco para trás, fingindo um desmaio que seu companheiro teria que amparar, ela apenas descansa a cabeça no peito dele. Não há entre eles espaço para movimentos dramáticos nem tempo para exageros. O abraço dura segundos.

"Bom dia, meu amor" – ele diz em português.

Ela adivinha o significado e lhe oferece a xícara de café.

***

A viagem de volta está marcada para a segunda-feira, quinze dias depois de Orlando ter desembarcado em Tóquio. Desses quinze dias, ele terá passado dois sozinho, três com o pai e o restante com Yurie, sem contato com a família. Será que Luiza respondeu aquele e-mail enviado da loja? O pensamento é afastado com a mesma pressa e eficiência com que Orlando afasta as lembranças do pai. Tem evitado pensar nele. Quando Claudio surge em seus pensamentos, surge também a dúvida sobre a viagem que ele teria feito ao Brasil com o prêmio da loteria. Ou essa viagem nunca aconteceu? Não questionou o pai e agora a desconfiança tortura mais do que todas as mágoas que carrega. Tortura que aumenta porque passa a envolver Kazuo. Se o pai esteve no Brasil, provavelmente procurou Kazuo, que se tornou cúmplice desse absurdo. O pai mencionou Kazuo, falou em pagar contas atrasadas como Kazuo fez. Eles continuavam em contato? Eles se encontraram no Brasil? Onde? Em Curitiba? Os pensamentos faziam mal a Orlando. Por instantes se dava conta de que reagia de forma emotiva, exagerada. Que esses fatos, verdadeiros ou imaginários, não afetavam sua vida. Mas não estava pronto para seguir adiante. Via-se no limiar de um movimento. Um passo e ele deixaria aquele pântano de dores e ressentimentos e seguiria em frente. O problema é que havia muito dele mesmo no pântano. Não estava pronto para sair dali, para ser outro, talvez mais leve – mas, sobretudo, outro.

Contou esses pensamentos para Yurie. Apresentou-os fora de contexto, sem mencionar as conexões com o que estava fazendo no Japão, sem falar da desconfiança que nutria em relação a viagem do pai.

Mesmo assim, aquilo pareceu fazer algum sentido para ela:

– Me parece que você está falando de resignação, de aceitação.

– Sim, acho que é isso mesmo – resignação e aceitação tinham um significado negativo para Orlando. Por isso ele não gostou do que Yurie disse em seguida.

– Agarrar-se a uma realidade que não nos satisfaz ou a uma questão que não compreendemos é uma forma de não avançar, não progredir. Não viver até.

Yurie fala às vezes como uma velha. Quantos anos mesmo ela tem? Ele nunca perguntou. Não sabe muitas coisas e prefere assim. Mais tarde perceberá que esse distanciamento a magoava.

– Você não acha que devemos compreender? Que precisamos dar sentido ao que acontece na nossa vida? – a voz levemente trêmula.

– Precisamos, sim. É difícil, mas sinto que essa compreensão não vem na hora que queremos. Às vezes demora. Anos até.

Ele olhou para a comida à sua frente, pronto para encerrar a conversa. Não entende o que está comendo. Habituaram-se a jantar em pequenos restaurantes no bairro de Yurie. Jantam cedo porque ela madruga para treinar.

Nessa noite, ela tem um convite para ele. Soube que a universidade procura um intérprete para conferencistas que falam português.

– Brasileiros?

– Não sei. Três dias de trabalho. Paga bem.

– Eu precisaria adiar meu retorno para o Brasil.

Ela não diz nada.

No dia seguinte, ele pede para Yurie encaminhá-lo aos organizadores da conferência e adia o retorno ao Brasil.

***

O trabalho deu a Orlando uma ideia do que seria viver no Japão. Não como o pai, que trabalhava em uma fábrica em uma vila de agricultores. Mas de forma coerente com a imagem que fazia de si mesmo.

Os organizadores da conferência pediram que os intérpretes comparecessem um dia antes para receberem algumas informações, que incluíam como cumprimentar os conferencistas, a altura da voz e o que fazer diante de uma palavra desconhecida. Preparado para o trabalho, Orlando saiu cedo de casa no dia marcado para a primeira conferência. Ia vestido com sua melhor roupa. O paletó, que no Brasil tinha dificuldade para abotoar, agora bailava sobre seu corpo mais magro. Pegou o metrô com um pequeno livro nas mãos, mas a preocupação em não errar o caminho nem deixou que o abrisse. Sentia-se como o personagem de um filme, como se interpretasse um papel. O pensamento não era desconfortável – gostava daquele personagem. Então lembrou-se que tinha outro papel, o que deixara no Brasil, o do marido de Luiza e pai de Antônio; o do filho de Tereza e irmão de Mirela. O do jornalista irritadiço que estava desempregado. As duas realidades pareciam não se sobrepor, não se misturar, de tão distantes que eram. O ponto comum era ele. Ali no metrô, ele se questionava se ainda era a mesma pessoa.

Três adolescentes vestindo uniforme escolar embarcaram no vagão e pararam na frente dele. Suas saias deixavam à mostra os joelhos e alguns centímetros de coxas. Ele observou aquelas peles claras com o despudor que lhe era característico. Quando subiu os olhos, viu que as três estavam desconfortáveis com aquele olhar masculino que subia pelas suas pernas. Como sempre, havia sido explícito demais. Levantou-se, pediu licença e se afastou.

Era uma conferência sobre cultura africana. Os dois debatedores que falariam em português no primeiro dia eram um moçambicano e uma angolana, ambos escritores. Orlando temeu que lhe perguntassem se conhecia a obra dos dois. Nunca tinha ouvido falar deles. Mas ninguém lhe perguntou nada sobre livros; estava lá como intérprete. Não estavam interessados em sua opinião ou seus gostos literários. Ao ser apresentado à angolana, não entendeu o que ela disse. Assustou-se. As palavras que ela pronunciava soavam familiares, mas... era mesmo português? Conseguiria traduzir a fala daquela mulher para a audiência de professores e estudantes? Como ainda faltava quase uma hora para a entrada dos dois, sugeriu que tomassem um café. Estavam em uma sala com pequenas mesas redondas e uma mesa maior, onde havia bebidas e petiscos. Os três se serviram de café e se sentaram.

Orlando falava animadamente, tentando provocar os escritores a falar também. Precisava ouvi-los, acostumar o ouvido àquele português que lhe soava estrangeiro. Perguntou ao moçambicano se era a primeira vez dele no Japão. O homem baixo, pele muito clara, cabelo e barba grisalha, falava com uma voz suave. Orlando não sabia identificar se era sereno ou tímido. O sotaque não atrapalhava a compreensão. Não seria um problema. Orlando se voltou para a angolana. Era uma mulher de corpo largo, que devia ter por volta de 60 anos. Usava uma faixa roxa e larga emoldurando o rosto, a pele muita lisa, escura e brilhante. Ao contrário do moçambicano, encarava Orlando com expressão séria e desconfiada. Enquanto ouvia Maia Mendes – este era o nome do moçambicano –, sentia o olhar dela, um olhar lateral, a cabeça inclinada, os olhos semicerrados o fitando, investigando-o. Quando ele se voltou para ela, Bela Ferreira foi rápida.

– Vives no Japão há tempo?

– Ah? – ele sentiu medo de dizer a verdade – Não, mas estudo japonês desde menino.

– Quem é o japonês, teu pai ou tua mãe?

– Meu pai.

– Aprendestes a falar japonês com ele?

– Não. Ele nem falava japonês.

– Morreu?

– Ah... Não.

– Dissestes que ele nem falava japonês.

– Eh... é que ele aprendeu mesmo depois de adulto. Mora aqui há muito tempo.

Ela moveu as sobrancelhas em um gesto que dizia "compreendo". Pronto, estava satisfeita.

Ficou com a impressão de que Bela Ferreira fazia perguntas para não ter que falar de si mesma.

O importante é que dessa vez ele conseguiu compreendê-la. Ainda assim, antes de subirem ao palco, pediu aos dois escritores que falassem devagar. Colocou no rosto uma expressão muito profissional e tranquilizadora, como a enfermeira que dá orientações ao paciente antes de um exame. Estava confiante de que não haviam notado sua insegurança.

Acabado o debate, Orlando se sentia como alguém que havia trabalhado por 12 horas e não 60 minutos. Deixou-se ficar na cabine de som ao fundo do auditório repassando os últimos minutos do debate em que o cansaço atrapalhara seus pensamentos. Entendia o que Maia Mendes e Bela Ferreira diziam mas, quando ia repetir em japonês, as palavras não vinham. Improvisou, buscou termos próximos, recontou o que havia entendido. Suas falas ficaram mais longas e temeu que o público risse de algo que ele dizia, o que revelaria a fraude, já que nada do que diziam era engraçado. Os dois escritores falavam de experiências difíceis, dramáticas até, mas não mudavam o tom de voz. Bela abandonada ainda bebê, crescendo em um orfanato católico. Maia se desdobrando em dois para ganhar a vida como funcionário público e continuar escrevendo. Os dois pareciam avessos ao drama. O que será que contavam em seus livros? Pareciam tão sem vaidade, tão comuns. Chatos até.

Ao sair da cabine, Orlando estava concentrado no esforço de lembrar o que havia traduzido. As ideias expostas pelos dois voltavam como fragmentos, a tensão não o deixara desfrutar das palavras.

– Ishigami-san! – a funcionária da universidade que o apresentara aos escritores caminhava rápido na direção dele. Movendo muito a cabeça e fazendo uma expressão de menina assustada, convocou Orlando a encontrar Maia Mendes e Bela Ferreira.

– Eles querem agradecê-lo.

Os dois esperavam na saída do edifício. O moçambicano agradeceu o esforço e o bom trabalho.

– Como você sabe que foi um bom trabalho?

– Se não fosse, eles não teriam aplaudido tanto. Acho que você melhorou nossas falas.

Bela riu. Orlando tentou sorrir. "Eles desconfiam que não traduzi exatamente o que disseram. Que recompus suas falas" – pensou.

Foram convidados a posar para uma foto. Bela, no centro, sorria agora mais relaxada. Ao redor dela, conforme orientação do fotógrafo, Maia e Orlando. Quando o fotógrafo disparou a câmera em uma sequência de flashes e cliques, Orlando sentiu uma mão suave alcançar seu ombro, que julgou ser do moçambicano, que também parecia mais à vontade. "Que grupo estranho formamos" –

pensou. "Só temos em comum as palavras em português que usamos."

***

As duas moças riam baixinho diante de um monitor apoiado sobre um pedestal de aço inox no fundo do restaurante universitário. Orlando estava lá mais uma vez, agora para traduzir as falas de um cabo-verdiano que falaria sobre música. Servia-se de café na máquina ao lado e observava as moças. Como eram bonitas! Cabelos pretos caindo sobre os rostos, a maquiagem dando aos rostos delicados uma aparência de boneca em contraste com as roupas muito modernas. Quando as duas se afastaram, ele se aproximou da tela, curioso para ver que aparelho era aquele. O uso do aparelho era liberado, dizia um adesivo colado na base de metal. Não havia pistas do que as duas moças tinham feito ali. Era um terminal adequado para registrar textos. Orlando pegou a caneta presa em uma mola rosa-choque. Como poderia testá-lo? Acessou sua conta de e-mail. Ia aproveitar para mandar um recado para casa. Mais uma vez, dizer que estava tudo bem.

Reconheceu os nomes nas mensagens que esperavam para serem abertas. As três mulheres, sempre elas: Luiza, Mirela e Tereza. Respirou fundo, estalou os dedos das mãos e finalizou o acesso sem ler nenhuma das mensagens.

***

Como é um dia perfeito? Talvez seja como a quinta-feira apressada em que ela acordou muito cedo e, mesmo tendo pouco tempo, preparou um café, forte do jeito que ele gosta, café que respingou sobre o peito nu dele quando ela se virou com as canecas na mão e deu um encontrão nele, que se aproximava descalço, e ela pediu desculpas e ele fingiu sentir dor e gemeu e se jogou no sofá tornando os gestos e gemidos cada vez mais teatrais para que ela entendesse que era brincadeira porque já arregalava os olhos. Ela riu e jogou o pano de prato e perguntou "quer ou não quer esse café?" e ele queria e os dois tomaram a bebida quente olhando para a janela alta que não deixava ver a paisagem, mas só o céu, que naquela manhã já estava claro mesmo sendo tão cedo e por isso ele disse "se não tivéssemos que trabalhar, hoje seria um bom dia para passear no parque", mas nenhum dos dois estava triste por ter compromisso porque aquilo os dava a ilusão de que levavam uma vida normal enquanto a anormalidade da situação que viviam tornava tudo mais excitante, mas também os condenava à separação. Um dia com trabalho e jeito de rotina era perfeito para os dois, que sabiam que os freios de uma agenda ocupada mantinham suas cabeças controladas, restritas, e era disso que eles precisavam já que os apaixonados são naturalmente pessoas livres que ignoram as regras do mundo e por isso é preciso ser corajoso, louco ou irresponsável para viver uma paixão e não abandoná-la quando se constata a força que ela tem e Yurie era corajosa, mas não louca nem irresponsável, enquanto Orlando era irresponsável, embora pensasse exatamente o contrário de si mesmo, e talvez um pouco louco, mas nada corajoso. Sendo assim ela saiu de casa satisfeita, já de bicicleta, consciente de que tinha um longo trajeto pela frente e muitos exercícios pesados que fatigariam seu corpo até não conseguir mais se mover nem pensar e então voltaria para o apartamento e dormiria um pouco com Orlando ao seu lado e acordaria e fariam amor e ela dormiria mais um pouco e depois comeriam e sairiam para comprar algo, quem sabe ir ao cinema, quem sabe ouvir jazz naquele bar do hotel Hilton, que bar metido!, que caro que é!, mas Orlando se encantou pelo lugar.

Ele sairia de casa depois de Yurie de banho tomado e novamente com o paletó cinza escuro e embarcaria no metrô, de novo com o livro na mão, agora não mais um livro em inglês, mas sim um exemplar em japonês dos poemas de Bela Ferreira para que seu cérebro fosse se concentrando nas palavras japonesas. Aquele pensamento africano traduzido em kanjis lhe parece um milagre, como deve ter sido difícil o trabalho do tradutor ou talvez não seja uma tradução mas uma versão em que prevalece o pensamento do tradutor, que é o que ele tem feito naquela conferência sobre cultura africana. A tradução simultânea vai bem nos primeiros 15 ou 20 minutos e depois seu cérebro começa a emperrar como um motor que foi exigido demais e para não ficar mudo ele se empenha em pescar uma ideia dita pelo conferencista naquele português estrangeiro e depois reconta a ideia no seu japonês também estrangeiro, falado por aproximação, em uma busca sofrida pela palavra que escapa e precisa ser substituída por uma frase longa, tornando sua tradução explicativa demais, longa demais, exaustiva demais para ele e – quem sabe? – para a plateia, que ouve sua voz naqueles fones de ouvido oferecidos na entrada do salão. Então ele traduz aquelas falas angolanas, moçambicanas e cabo-verdianas, faz o contato amistoso e formal com a funcionária responsável pelos intérpretes e depois se senta no restaurante da universidade, imaginando-se um professor daquela instituição centenária que funciona em um campus tão moderno e frequentado por jovens que observam suas telinhas azuis enquanto comem, enquanto caminham e enquanto riem juntos de algo compartilhado entre eles. Orlando pensa que Antônio um dia poderá estar entre eles e que quando chegar lá o mundo será ainda mais tecnológico e... e por que ele agora tem sonhos para o filho e não mais para si? Sempre que se dá conta de que seu pensamento segue esse caminho de pensar no futuro do filho, nas aventuras que o filho pode ter, sente-se acabado como um velho a quem nada mais pode acontecer, só a decrepitude, e fica bravo consigo mesmo. Então esquece os sonhos para o filho e até o filho mesmo porque em sua cabeça jovem ainda não é possível conciliar o desejo de viver com o desejo de que o filho viva, como se uma vida anulasse a outra ou um desejo fosse incompatível com o outro. Para que o dia perfeito não se estrague, ele volta os olhos para o livro, uma edição pequena e delicada que comprou quando era tarde demais para pedir uma dedicatória e convencido de que foi melhor assim porque teve medo da austeridade no rosto de Bela Ferreira para só depois entender que era a austeridade dos que aprenderam a se defender, a desconfiar, e que ela devia se sentir mais estranha no Japão do que ele, porque ele é um mestiço que retém alguns traços orientais e que por isso tem a ilusão de poder passar despercebido nas ruas enquanto ela tem uma pele cor de chocolate com 70% de cacau e um corpo imponente que a destacam dos asiáticos magros e pálidos que circulam pela universidade. Mas não entendeu a introspecção de Bela Ferreira nem a timidez de Maia Mendes porque ele mesmo estava apavorado e intimidado pelo novo trabalho, trabalho que agora lhe parece um grande desafio que quer dominar. Quem sabe se tornará tradutor? Quem sabe vai viver nesse mundo de transição entre duas línguas, em que se inventa uma terceira língua ou uma nova história, porque um mundo nunca vai ser totalmente vertido para outro mundo e cada língua é um mundo e ele gostaria de não estar em nenhum deles, mas entre os dois, como está agora que pega o metrô em Sapporo, senta no vagão quase vazio e abre o livrinho de Bela Ferreira e de novo se espanta que as palavras da angolana estejam ali em japonês e se dá conta de que são todos iguais, os angolanos, os moçambicanos, os japoneses, os brasileiros e que isso é até um pouco decepcionante, que é decepcionante vir tão longe para descobrir que no fundo somos iguais e que o mais difícil é aceitar que ele, Orlando, é igual ao pai, Claudio. Não, isso ainda não. O que ele vê em Claudio é uma fraqueza que o torna quase transparente, como uma folha que cai no chão e vai se desmineralizando, tornando visíveis todas as nervuras que formam a estrutura e é assim porque todas as fraquezas do pai estão expostas e ele nunca tinha pensado que seria tão fácil observá-las, que ele se apresentaria tão sem proteção, sem tentar esconder suas fragilidades e tudo que tinha eram fragilidades. Claudio ficou no Japão porque era frágil e tinha medo e porque alguém lhe ofereceu apoio e ele se escondeu naquele apoio para esquecer dos filhos, se afundou na casa de uma mulher, no corpo de uma mulher para se manter cuidado e protegido e esquecer o mundo lá fora. Ocorreu a Orlando que seria bom abraçar Bela Ferreira e receber dela uma proteção maternal, que era isso que a lembrança dela provocava nele: a constatação de que estivera diante de uma fonte de calor e proteção, como a mãe tinha sido para ele até o dia em que decidiu que precisava crescer. Se reencontrasse Bela, gostaria de abraçá-la, o que seria muito estranho, talvez inaceitável, mas ela entenderia quando contasse a verdade sobre sua ida ao Japão e sobre o pai que fugiu da família e se escondeu nos braços de uma mulher, de uma japonesa cujo rosto Orlando nunca viu.

A lembrança de Bela continua a alimentar um ponto de desconforto dentro de Orlando, que vira a cabeça para um lado e depois, lentamente, para o outro, como se buscasse nos outros passageiros do metrô alguma pista sobre a origem do que sente. Então, se dá conta de que é isso, de que Bela o aproxima de alguma forma das mães que deixou no Brasil, a sua e a de Antônio, e ele sente vergonha porque sabe o que está fazendo com elas.

***

Ou talvez o dia perfeito tenha sido a sexta-feira, quando os dois não tinham compromisso e ficaram na cama em ciclos de sono e vigília que se estenderam por toda a manhã porque os corpos acostumados a madrugar despertaram logo cedo, mas como pessoas que passaram a semana trabalhando pesado eles diziam que mereciam dormir um pouco mais e então se abraçavam e o abraço gerava uma frêmito que começava leve e depois os controlava e ambos tinham necessidade de se agarrar um no outro, em apertar os dedos naquela pele que se oferecia, nua, em cheirar, em beijar, em morder. Em cair no sono e logo despertar para começar de novo, a sonolência cercando tudo com uma irrealidade característica do sonho enquanto as sensações do corpo chamavam para a realidade, para o mundo físico. Realidade e mundo físico vivenciados como grandezas absolutas que tornavam menores o resto dos dias, das pessoas e das experiências. Andariam depois pelas ruas sentindo-se especiais, alguns degraus acima do restante da humanidade que lhes pareceria pobre e limitada. Todos os outros dias dali para frente perderiam luminosidade por causa da sombra lançada por aquela manhã na cama, a manhã perfeita, em que duas pessoas se sentem especiais por serem desejadas por quem desejam. Um milagre se deu naquele quarto, naquela sexta-feira, naquela manhã com pouca luz. O milagre foi preservado com cuidado por Orlando e Yurie que sabiam que gestos bruscos, conversas desajeitadas e tarefas ordinárias podiam envenená-lo e os dois queriam que a presença do milagre se prolongasse, como quem desperta e tenta manter a sensação que um sonho bom provocou. Sendo assim todos os gestos do dia foram pensados para não quebrar a magia: o lanche preparado pelos dois e comido na cama, os versos de Bela Ferreira declamados por Orlando intercalando frases em português e japonês, a nudez nos lençóis brancos e amassados, a caminhada por algumas quadras até aquele restaurante minúsculo onde comiam um prato de vegetais que ele não conseguia nomear mas elogiava para o cozinheiro sorridente, que esperava sempre por um sinal de aprovação. À noite nenhum dos dois dormiu direito embora os dois tenham fingido dormir profundamente. Ainda de madrugada, Orlando pegou sua mochila e foi ao terminal de trens.

***

O longo tempo passado no não-lugar que são os aeroportos e aviões cumpriu sua função. Orlando chegou a Curitiba dizendo a si mesmo que estava pronto para reencontrar a família, a cidade, a sua vida. Vida de antes que se tornara uma dúvida. Perguntava-se se seria possível voltar a vivê-la como se nada tivesse acontecido. Precisava saber se mudara alguma coisa após o encontro com o pai, após o encontro com Yurie.

Pensando bem, ir tão longe de casa já era o suficiente para alterar algo dentro de um ser humano. O que mudava ele ainda não sabia identificar, talvez o olhar, um estranhamento novo que descobriria quando revisse as ruas conhecidas. Esperando por um táxi no aeroporto, sentiu pela primeira vez alegria em pensar que logo veria Antônio. Era a velha vida recuperando seu lugar dentro dele. Será que acharia o menino diferente, talvez com um novo dentinho, com mais penugens na cabecinha quase careca? Era a única mudança que podia prever, os dentinhos de Antônio. O resto, tinha certeza, estaria igual. Sua família levava uma vida pacata em que cada movimento, da compra de um sofá até a inscrição em uma academia de ginástica, era longamente planejado. Não tinham recursos para esbanjar nem tempo para perder porque eram pessoas responsáveis e os recursos, modestos.

Em frente ao prédio, lembrou-se das chaves. Tinha certeza de ter levado chaves, mas não as encontrou entre suas coisas enquanto estava na casa de Yurie. Talvez tenham ficado em Kaizan, no apartamento do pai, junto com o celular, para sempre.

Lá de dentro, o porteiro o reconheceu parado diante do portão. Cumprimentou-o com uma expressão no rosto que parecia perguntar se ele tinha saído naquela tarde ou no século passado. Dentro do elevador, conferiu o relógio, quase nove da noite de domingo. Talvez Antônio estivesse acordado. Quanto à Luiza, instintivamente evitava pensar nela.

Caminhou até a porta do apartamento conferindo os sinais que diziam que aquele era seu endereço: o capacho barato que imitava o padrão de um tapete oriental, o vaso com uma planta que se esticava na direção da janela do corredor. Colocou a mão na maçaneta para ver se estava aberta. Ao mesmo tempo que empurrou o metal dourado para baixo ouviu vozes que vinham lá de dentro, vozes que se misturavam e que soaram familiares e estranhas porque não deveriam estar ali, porque soavam como uma multidão. Seu impulso foi o de parar diante da porta para primeiro entender o que se passava, para se preparar, para colocar no rosto uma expressão que o protegesse, para não se sentir nu. Mas era tarde, a mão já pesara sobre a fechadura e a porta se abrindo fez todos se calarem e olharem para ele. Timidamente, entrou em sua própria casa.

Foi desnecessária a expressão de alegria descontraída que pretendia colocar no rosto, o gesto planejado para pegar Antônio no colo e assim se livrar de encarar Luiza. Orlando foi observado por todos enquanto ele próprio olhava, de boca aberta e testa franzida, para Claudio. O pai estava ali, os cabelos grisalhos e os ombros curvados transportados para a sala do apartamento que ele e Luiza compraram, sentado à mesa em que ele e Luiza faziam as refeições, como nunca Orlando sonhara ver. Ao lado dele, na ponta da mesa, Luiza segurava Antônio no colo e o bebê batia com uma colher no prato à sua frente, o único que dizia alguma coisa, coisas ininteligíveis, balbucios de criança que ensaia as primeiras palavras.

Tereza e Mirela foram as primeiras a falar. As duas se levantaram e se dirigiram a ele. Diziam frases como "finalmente!"," por onde você andava?", "ficamos preocupadas". Mirela se postou bem em frente ao irmão e perguntou se estava bem, mas o tom da voz e a expressão no rosto dela eram de reprimenda, quase fúria. "Estou" – ele respondeu, e deu um beijo rápido em cada uma com ar indiferente. Depois se dirigiu a Luiza, sentindo que estava voltando a si. Beijou-a na cabeça, depois se debruçou sobre o filho que acarinhou de leve, o rostinho todo lambuzado de papinha amarela.

– O que você está fazendo aqui?

A pergunta foi direcionada a Claudio e não soou amigável.

Claudio empurrou a cadeira para trás e parou diante do filho. Dois homens da mesma altura, um quase gordo e o outro muito magro.

– Fiquei preocupado com você.

Orlando riu, irônico. Não sabia o que dizer, tão absurda a situação lhe parecia.

Mirela mandou que se sentasse, a voz dura revelando o esforço para se controlar. Ele notou que ninguém ali estranhava a presença de Claudio, mas sim a dele. Mais tarde descobriria que o que estranharam foi sua ausência, seu sumiço, que temeram por sua sanidade mental, que Tereza repetia que não deveriam tê-lo deixado ir sozinho ao Japão, que até pedira para Kazuo ir atrás dele. Mas Claudio atendeu o telefone que ele esqueceu em Kaizan. Seguiram-se longas conversas entre Mirela e o pai, entre Luiza e o sogro, entre Tereza e o ex-marido. Foi assim que Claudio decidiu viajar ao Brasil.

– Ele já tinha passagem comprada há meses, Orlando. Estava tomando coragem para voltar – a voz de Mirela soava como uma confidência, não como uma acusação ao pai, mas Claudio abaixou os olhos.

Orlando não estava seguro de que entendia o que se passava ali. Estava tudo errado. Como podiam agir com tanta naturalidade diante de Claudio, que passara tantos anos sem se importar com eles? Olhou na direção de Luiza em busca de conforto, mas os olhos dela não ofereciam apoio. Ela também se sentira abandonada. Ele teria que lidar com aquilo por muito tempo.

A troca de olhares entre marido e mulher desencadeou movimentos, despedidas, "é hora de ir", "nos falamos amanhã", como se um aviso de perigo tivesse soado na sala. Mirela fez um gesto na direção do pai. "Eu levo vocês." De onde aquela naturalidade, aquela camaradagem entre filha e pai? Naquele momento, Orlando notou a mulher vindo da cozinha, que acompanhava a cena à distância e sem se envolver. Agora ela se aproximava lentamente como se tomasse cuidados para não ser vista. Claudio a pegou pelo braço e conduziu até o filho.

– Esta é Ana Maria, minha companheira.

Uma oriental baixinha, rosto de criança manchado por marcas marrons, olhava-o como uma estudante que teme a bronca do professor. Instintivamente Orlando a cumprimentou com uma reverência à moda japonesa. A mulher que dividia com Claudio aquele apartamento minúsculo em Kaizan era uma brasileira, uma decasségui tão isolada na terra estrangeira quanto o próprio Claudio. Ela respondeu ao movimento de cabeça dele com o mesmo gesto, como se os dois tivessem se cruzado naquela única avenida da vila e em volta deles soprasse o vento perfumado pelo mar do Japão.

***

O bilhete foi escrito e rasgado várias vezes. O que dizer para a pessoa que amamos, que queremos, mas que deixamos? Que há outras pessoas que também amamos e que precisam de nós? Que em alguns momentos da vida há escolha, mas em outros não? Que amar duas pessoas ao mesmo tempo é possível? Dizer o que se sente não soará como mentira em uma situação assim?

Mas Orlando diz. Nunca mais verá Yurie. Diante disso não tem mais nada a contar, só o que sente. Poucas palavras desenhadas sobre o papel com mão trêmula de estudante que não está confortável com caracteres que precisam ser desenhados. O endereço dela ele sabe de cor. Morou ali, afinal, naquele apartamento branco, do outro lado do mundo.

***

Sem você, a casa dói, a casa esvanece, frágil e perigosa.
Cada objeto que um dia trouxe conforto
cada parede que antes abrigava
agora torturam.
Minha casa, triste e fria
eu, enterrada viva
tua ausência grande e pesada sobre mim
eu, sufocando.
Tua ausência estraga o que era bom.
Este lugar não existe mais
foi embora com você
fiquei eu, que avanço para o quarto com medo
os olhos na cama onde você se deitou

eu, com medo de entrar no quarto
porque você não está.
Isso está errado
está tudo fora do lugar
meu coração, fora do lugar.
Então, puxo o ar como o corpo exige,
o aperto no peito querendo me derrubar.
Junto com o ar, a consciência
preciso fazer algo
sobreviver.
Imagino partir para qualquer lugar onde você não pisou
fugir da tua lembrança
faço planos e choro
conformada e ressentida
te amando e odiando
vou te levar comigo, eu sei.
Por quanto tempo vou te levar?
Alguns dias de amor e uma vida de memórias.

**

Yurie imaginou diversas vezes aquela cena: Orlando recebendo o envelope das mãos da esposa ou talvez o encontrando sobre a mesa de jantar. Talvez ele mesmo pegasse o papel pardo em uma caixa de correio na portaria do edifício. Como seria o lugar onde mora?

Se Yurie pudesse atravessar o planeta Terra como um espírito viajante, como a câmera de um satélite, veria Orlando saindo com seu filho nos braços e sendo abordado pelo porteiro, que lhe aponta a correspondência que ele olhará com desprezo. Nada de importante viaja em envelopes nestes nossos dias, nada que toque nosso coração, que ilumine nossos olhos. Mas aquele envelope marrom tinha muitos selos e por isso Orlando o colocou em frente aos olhos. Se Yurie pudesse ver seu amante naquele momento, notaria que sua boca se abriu um pouco, que suas pupilas se dilataram. Antônio foi colocado sobre o balcão da portaria e se voltou, esquecido do pai, para o porteiro, que o provocava a pronunciar uma palavrinha qualquer. O envelope foi rasgado e junto com ele um pedacinho de seu conteúdo, uma solitária folha de revista de papel lustroso e colorido. Ele conferiu o envelope em busca de uma nota, um recado. Nada. Era só aquela página e, nela, em meio a caracteres japoneses, três pessoas sorriam e pareciam felizes: um homem ainda jovem e já grisalho, uma mulher negra de sorriso tímido e um rapaz de olhos felinos, que passaria horas olhando para a fotografia, explorando a irmandade que parecia existir entre os três e encantando-se, finalmente, com a descoberta da mão negra e feminina de Bela Ferreira pousada sobre seu ombro, de leve, como a mão de uma mãe que teme que seu filho birrento não aceite seu carinho.

MARLETH SILVA é jornalista. Nasceu em Peabiru (PR) e vive em Curitiba. É autora de "Quem Vai Cuidar de Nossos Pais?" e "O Amigo das Estrelas".

Este livro foi produzido no Laboratório
Gráfico Arte & Letra, com impressão em
risografia e encadernação manual.